La Reine des neiges

Laura MacLeod

La Reine des neiges

MLC

Editions MLC
Le Montet – 36340 Cluis

© MLC 2018
ISBN : 978-2374320533
Dépôt légal : Mars 2018

A mes amis

Chapitre I

1.

Une odeur de gasoil et d'essence flottait dans l'air froid du matin. Oleg Krikov était loin d'être au meilleur de sa forme. De plus, il était furieux de devoir piétiner dans la neige fondue sur le bas-côté du trottoir. Depuis quand la présence d'un inspecteur était-elle requise pour un accident de la route ?

S'il voulait bien se l'avouer, Oleg Krikov était surtout en colère contre lui-même. Il avait un mal de crâne lancinant augmenté d'une sérieuse gueule de bois. Malheureusement, il ne pouvait s'en prendre à personne d'autre.

Le chuintement des pneus sur le magma boueux de la chaussée, couplé au gémissement des moteurs, l'assourdissait. Contre son habitude, il avait succombé la veille aux charmes d'une petite minette au rayon électronique du magasin Goum. Difficile de résister à sa frimousse parsemée de taches de rousseur surmontant un corsage bien rempli. Elle l'avait entraîné à faire la fête dans une discothèque à la mode. Il avait trop bu. Il avait aussi trop crié pour essayer de se faire entendre par-dessus une musique assourdissante, dans un monde où personne ne songeait à tenir une conversation. Elle l'avait pris pour un dinosaure.

Comble de malheur, dans l'euphorie de la conquête, il avait oublié de recharger son portable avant de se coucher. Pour cette raison, il avait été incapable de comprendre la suite du message de son coéquipier sur son répondeur. La batterie avait rendu l'âme avant la fin de la phrase. Il avait juste capté l'adresse et il y allait maintenant.

Pataugeant dans la gadoue, il pestait contre ce début de dégel et les trottoirs de la banlieue devenus impraticables. Le soleil rasait les congères et lançait des ombres gigantesques.

Il avait laissé sa voiture à une cinquantaine de mètres de là, sur la route congestionnée par les véhicules de police et les particuliers partant pour leur travail.

Un semi-remorque blanc, couché sur le flanc, entravait la chaussée. Les portes arrière s'étaient ouvertes sous le choc.

Des cageots dégringolés pêle-mêle avaient largué des choux, des betteraves et des oignons sur le macadam. Les choux à demi enfouis ressemblaient à des crânes chauves.

L'image le fit sourire un instant malgré sa mauvaise humeur. Il pensa à des vieillards debout sous la neige, dont seul le dessus de la tête aurait dépassé.

La scène encore à l'esprit, Krikov sortit son paquet de cigarettes de sa poche. Il inséra une Grifar entre ses lèvres, l'alluma avec son briquet, un cadeau de Myrna pour son quarantième anniversaire.

Krikov se secoua pour dissiper les souvenirs. Ce n'était pas le moment de se laisser aller. Il inhala une longue bouffée et revint au moment présent.

Le médecin légiste, Elisabeta Krougine, se penchait sur une forme étendue sur la chaussée.

« On attend la scientifique, lui signala Parov déjà sur les lieux.

– La scientifique ? » s'étonna Krikov.

Un corps ensanglanté gisait plus loin sur la route, à cinq-six mètres du camion dont la portière de la cabine pendait arrachée. Un autre individu sanglotait, appuyé sur une Mitsubishi jaune.

« Je n'ai pas pu l'éviter, répétait-il. Il a sauté du marchepied au moment où je passais.

– Et la portière ? demanda Krikov.

– Je l'ai vue s'envoler, mais elle ne m'a pas touché. »

Le véhicule de l'homme était intact, mis à part un gnon sur l'aile droite, là où la voiture avait percuté le chauffeur.

« Monsieur l'inspecteur, venez par ici, » cria un agent monté dans la remorque pour examiner la cargaison.

Parov et Krikov s'approchèrent, laissant le conducteur de la Mitsubishi et ses jérémiades sous la garde d'un policier.

Par les portes béantes, ils virent des cageots bleus et noirs, des betteraves, des oignons.

Une odeur terreuse leur frappa les narines.

Krikov interrogea du menton le sergent qui lui désignait du doigt un coin dans la pénombre. Parmi les têtes livides des choux, surmontée d'un pied fin chaussé d'un escarpin rouge avec un talon d'au moins quinze centimètres, s'érigeait droite et raide une jambe gainée d'un bas noir.

« Nom de Dieu, » lâcha Parov.

« Oui, comme tu le dis, » lui répondit Krikov qui comprit qu'on ne lui avait pas demandé de passer en vain.

Bien sûr, il y avait mort d'homme ; le conducteur de la Mitsubishi avait embouti le chauffeur du semi-remorque. Mais, ce qu'il y avait là, dans la cargaison du poids lourd, changeait la donne du tout au tout.

Il ne s'agissait plus d'un simple accident routier.

Krikov escalada à son tour le marchepied et se fraya un chemin au travers des légumes. Il constata que la jambe avait une réplique. Toutes les deux prolongeaient un corps de déesse habillé d'une guêpière rouge à moitié délacée. Un sein volumineux s'échappait des froufrous de dentelle noire. Le visage maquillé avec application affichait un air paisible ; les paupières fermées, frangées de longs cils, laissaient filtrer le blanc des yeux ; les lèvres pulpeuses s'étiraient en un sourire discret. La chevelure blonde, abondante et soignée, s'éparpillait autour des épaules nues.

Une épaisse carapace de glace recouvrait le corps, les joues, les boucles.

La chaleur ambiante la faisait fondre petit à petit. Des gouttelettes tombées à terre formaient des petites flaques d'humidité.

Krikov observait tous ces détails sans dire un mot. Parov pensait la même chose.

La femme était dans ce camion depuis tout au plus un couple d'heures. Autrement, la glace se serait tout à fait liquéfiée. En outre, elle avait été congelée ailleurs. La température requise pour la conservation des légumes se situait bien au-dessus de zéro et ne produisait jamais de givre.

Il était temps de parler au compagnon du chauffeur décédé. Krikov l'avait vu à son arrivée, assis sur la rambarde.

Les deux inspecteurs descendirent de la remorque. Leurs talons martelaient l'acier des trois marches. Ils laissaient la cargaison macabre aux bons soins de l'équipe scientifique qui déballait son matériel.

L'homme était prostré à la même place. Un secouriste prenait sa tension artérielle pendant qu'un autre lui désinfectait une entaille sur le front. Bien que bénigne, la blessure saignait abondamment.

La chemise bleu pâle se marbrait de rouge carmin sur la poitrine.

Krikov et Parov s'approchèrent.

Nul besoin de se concerter pour décider de la marche à suivre. Ils travaillaient depuis de nombreuses années ensemble ; ils déroulaient un schéma qui avait fait ses preuves.

Krikov entama l'interrogatoire :

« Bonjour, je suis l'inspecteur Krikov et, voici mon collègue, l'inspecteur Parov. Comment vous sentez-vous ? »

L'homme était moins groggy qu'il n'y paraissait. C'est d'un ton vindicatif qu'il contra par une autre question.

« Et comment pensez-vous que je me sente ? »

Mais il en fallait plus, beaucoup plus, pour désarçonner Krikov.

« Aucune idée ! C'est pour cela que je vous le demande. »

Le ton tranquille de Krikov surprit l'homme qui compléta :

« Je me sens mal. Sergey est mort. Le camion est bloqué avec une portière déglinguée. La cargaison est foutue !

— Ah, la cargaison ! Parlons-en. Vous transportez quoi ?

— Vous vous foutez de moi ? Vous le voyez pas, là sous votre nez ? Les choux, les betteraves, les oignons dans la neige ! Même si on peut les ramasser, ils sont foutus je vous dis ! Pleins d'humidité !

– Et c'est tout ? Pas de pommes de terre ?

– Des pommes de terre ? »

L'homme avait l'air ahuri. Il ne comprenait pas la question.

« Oui, des pommes de terre.

– Ben, non.

– Et rien d'autre ?

–Non, enfin ! Regardez les papiers du véhicule.

– Nous n'y manquerons pas. Vous n'êtes pas au courant de la femme dans votre camion ?

– Mais, c'est quoi ce cirque ? Des pommes de terre ! Une femme ! Vous en avez d'autres comme ça ?

– Oui. Je vous embarque. Vous vous expliquerez au commissariat. »

Résigné, l'homme se leva en silence et poussa un gros soupir de vaincu. Il suivit l'agent qui l'installa dans une voiture de police.

« Tu crois qu'il y est pour quelque chose ? demanda Parov.

– Je ne le pense pas, non. Mais bon, c'est quand même dans son camion que l'on retrouve un cadavre. »

Pendant ce temps, l'équipe scientifique s'affairait dans le véhicule.

Le photographe prenait cliché sur cliché, mitraillant la scène de son Nikon dernier cri.

La position du corps, une jambe recroquevillée et l'autre raide droite et le dos courbé empêchaient les brancardiers de mettre la femme dans un sac mortuaire. Ils la recouvrirent d'une bâche et la civière disparut dans l'ambulance.

Krikov et Parov quittèrent les lieux à la suite de la voiture de police qui emmenait le chauffeur interpelé. L'autre, celui qui était décédé, tenait compagnie à la femme.

2.

Déjà plus de cinq ans… et Krikov n'avait pas ingurgité une goutte d'alcool excepté une bière occasionnelle. Alors les quelques verres de la veille se faisaient doublement sentir.

Il n'avait jamais été un grand buveur. Il s'était arrêté de boire tout seul, sans l'aide d'un thérapeute ou d'un groupe de soutien.

Il avait pris cette décision un jour de mai et il s'y était tenu.

Qui sait ce qui serait arrivé s'il ne l'avait pas fait.

Il revoyait cette soirée de printemps où il s'était trouvé sur une mauvaise pente.

Sa femme Myrna et sa fille Bella venaient de mourir dans un stupide accident de la route. Un véhicule les avait percutées de plein fouet. Il roulait beaucoup trop vite et avait refusé la priorité à Myrna. Il avait ignoré le stop à l'intersection.

Cela s'était passé à moins d'un kilomètre de leur domicile. Myrna revenait de l'école où elle enseignait et où Bella était scolarisée.

Occupé sur une affaire délicate qui lui rongeait tout son temps, Krikov n'avait pas reçu le message sur le terrain. Ayant coupé son portable, il n'avait consulté ses appels qu'en rentrant chez eux où il n'avait trouvé personne.

Pensant que Myrna avait essayé de le joindre, il avait rallumé son téléphone pour y lire l'horrible texto de l'hôpital. Quand il était arrivé, Myrna et Bella avaient déjà été descendues à la morgue.

Il avait pleuré silencieusement quand le médecin avait tiré les tiroirs frigorifiques qui les abritaient toutes les deux.

Incapable de proférer une parole, il était rentré chez lui et s'était enfermé deux jours entiers avec sa douleur.

Sans rien manger.

A la énième bouteille d'alcool qu'il ouvrait, il avait compris que là n'était pas la solution. Il avait systématiquement vidé toutes celles restantes dans l'évier.

Puis, il s'était écroulé, sonné, ivre mort sur le tapis du salon.

Ses collègues l'avaient laissé sans le déranger pendant deux jours. Au troisième, Parov était venu le chercher. Sans un mot, il avait mis la cafetière en route, lui avait tendu des vêtements propres pris dans une armoire et l'avait conduit à l'enterrement.

La vue des deux cercueils, l'un brun, l'autre blanc, avait avivé sa douleur, mais Krikov n'avait pas titubé sous le chagrin. Il avait accompli les gestes rituels sans ciller, les dents serrées.

Après la cérémonie, il était rentré chez lui à pied.

Le lendemain, il revenait au commissariat pour apprendre que le type ne serait pas inquiété, car il n'avait pas pu voir le panneau disparu, arraché par les gamins du quartier bien avant l'accident.

Comme un autre noie sa souffrance dans l'alcool, Krikov s'adonnait avec rage à son travail.

Il avait mandé sa sœur pour débarrasser son appartement des affaires de Myrna et Bella. Il avait vendu sa maison et déménagé.

Son nouveau logement ne le confrontait à aucun souvenir de sa vie maritale. Rien ne lui rappelait sa femme ou sa fille. Il les portait toutes les deux en son cœur.

Quand il eut mis ses affaires en ordre, que son emménagement fut terminé, il partit à la recherche du chauffard qui lui avait ravi ses deux trésors.

Un soir, il sonna à la porte de l'homme. Quand celui-ci ouvrit, Krikov lui décocha un coup de poing au visage qui lui fracassa le nez et il s'en alla comme il était venu. L'homme, qui l'avait reconnu, n'osa pas porter plainte.

Krikov n'en parla jamais à qui que ce soit, mais il reprit son travail avec une énergie accrue.

Ce qui comptait dorénavant pour lui, c'était de résoudre les problèmes, cambriolages ou autres, signalés au commissariat.

Ses amis, Parov et sa femme, veillaient sur lui.

Depuis lors, Krikov avait encore plus en horreur la morgue et son odeur mêlée de désinfectant et de mort. Voir des cadavres dans leur milieu naturel, si on pouvait dire, le révoltait, mais ceux étendus sur la table en métal le dégoûtaient au plus haut point. De plus, il devait souvent assister à l'autopsie, une épreuve pénible loin de le réjouir.

Il longeait le couloir de l'institut médico-légal sous les néons et revivait une partie de son passé.

Parov, pas du tout gêné par l'ambiance déprimante, mordait à pleines dents dans un sandwich. Il rattrapa avec adresse une tranche de tomate qui s'échappait d'un petit pain. La bouche pleine, il mastiquait furieusement.

Subjugué, Krikov le voyait avaler le dernier morceau tout en écartant la porte à deux battants.

Le froid de la salle carrelée de blanc se ressentait dès le seuil franchi. Une musique tonitruante de cuivres, de trompettes et de balalaïkas emplissait l'espace.

Krikov reconnut la chanteuse Svetlana Dyatel entonnant « Mon petit aigle » accompagnée par les voix enfantines d'un chœur de pionniers.

Le docteur Krougine était une boulotte courte sur pattes, presque aussi large que haute.

Elle poussait devant elle une énorme paire de seins boudinés dans une blouse trop étroite. A l'arrière, un fessier monumental, sur lequel flottait la ceinture de son tablier vert pomme, surmontait des petites jambes rondouillardes. Ses collègues masculins l'appelaient par dérision la Vénus Hottentote ou Saartje Baartman et soulignaient par là son caractère callipyge. Docteur Krougine était une vraie mocheté, mais elle possédait un charme indéniable d'où ses magnifiques yeux verts n'étaient pas absents.

Elle fixait son interlocuteur sans cligner d'un cil et il oubliait son corps informe pour s'immerger dans l'océan émeraude de son regard chaleureux.

Pendant ses études, elle avait compris l'impossibilité pour elle de compter sur des avantages physiques pour faire avancer sa carrière. Les diktats des critères de beauté étaient trop éloignés de ses attributs personnels dans ce domaine.

Bien que douée d'une intelligence supérieure, elle devait souvent rester en deçà de bimbos qui voyaient la médecine comme un moyen de ferrer un gros poisson dans les filets du mariage. Cet état de choses couplé à une affinité avec la chirurgie l'avait poussée à opter pour la profession d'anatomopathologiste. Elle pouvait s'adonner à son dada favori : résoudre des énigmes sans devoir se soucier des conséquences de ses dissections pour la survie du malade.

En chirurgie, elle n'aurait jamais pu devenir la directrice d'une clinique. Ici à l'institut médico-légal, elle régnait en maîtresse incontestée.

Ses collègues masculins préféraient, en règle générale, la compagnie des patientes jolies, fortunées et vivantes. Ils choisissaient plutôt la chirurgie esthétique que l'inspection des macchabées. Cela ne l'empêchait nullement d'avoir une grande admiration pour certains ténors du bistouri.

Sur une table en inox, la femme du camion était allongée, recouverte d'un tissu blanc douteux. A ses pieds, un sac en plastique transparent contenait ses escarpins rouges et sa guêpière noire. Dans un étui plus petit, il y avait une épingle à cheveux et un peu de menue monnaie.

« Cette femme a subi des sévices récurrents avant de succomber », annonça le docteur Krougine en abaissant le drap sur toute la longueur du corps.

Elle pointa de son doigt ganté de latex blanchâtre plusieurs hématomes. Sur les épaules, les cuisses, les bras, des traces violettes et mauves s'étalaient en si grand nombre qu'elles recouvraient presque toute la peau par endroits.

« La cause du décès ? demanda Krikov.

_ Fracture des vertèbres cervicales.

– Sûr ?

– Malheureusement, oui. La blessure a été infligée ante mortem.

– Infligée ! Donc, meurtre.

– Sans aucun doute. La brisure indique le travail d'un gaucher. Ce n'est pas tout. »

Docteur Krougine indiqua sur quelques zones des blessures rondes et noires.

« Des impacts de balles ? » demanda Krikov.

« Non, je ne pense pas. Cela a été infligé avec un poinçon, du moins un truc pointu à bout carré.

– Pointu ou carré ? » insista Krikov.

« Pointu et carré. Quelque chose qui serait effilé, mais avec une pointe carrée. Genre pic à glace très fin. Par ailleurs, on a retrouvé ceci accroché au talon d'une des chaussures. La droite pour être exact. »

Krougine tenait entre le pouce et l'index une poche en plastique d'une dizaine de centimètres dans laquelle on voyait un fragment de chair sanguinolent.

« De la viande ! » s'exclama Parov.

« Oui, tout à fait, » acquiesça le docteur.

« Vous l'avez fait analyser ?

– Oui.

– Donc, elle a été frigorifiée dans un camion de boucherie, » conclut Parov.

« Peut-être, peut-être pas. A vous de le découvrir. Mais, n'êtes-vous pas curieux de savoir de quel animal il s'agit ?

– Dites.

– Eh bien, messieurs, l'ADN est de bovin et d'humain enchevêtrés. »

Le docteur Krougine jouissait de son petit effet.

Les deux inspecteurs, la bouche ouverte de surprise ne comprenaient pas pourquoi elle jubilait.

« Vous voulez dire qu'il y a de l'ADN humain et de l'ADN bovin dans ce truc ?

– Non. Ce que je dis, c'est que l'ADN de cette chair appartient à un humain qui est bovin ou un bovin qui est humain. On est en train de poursuivre les analyses pour connaître le pourcentage précis de l'un et de l'autre.

– Mais, c'est impossible, » balbutia Krikov.

« En effet ! C'est absolument impossible. Et pourtant, c'est exactement ce dont il s'agit. »

Les laboratoires pharmaceutiques Vialet-Laroche avaient fait les choses en grand.

Pas moins de trois salons du Metropol étaient réservés pour la conférence.

Le salon Tourgueniev, avec un buffet chargé de collations diverses, organisé en petites tables de déjeuner, permettait aux conférenciers de se reposer et discuter entre eux pendant les pauses et le salon Tchekhov, où les chaises disposées en formation théâtre accueillaient le colloque proprement dit.

Dans le magnifique salon Boyarsky, un personnel racé servait des repas dignes des plus grandes tables aux participants.

L'ambiance feutrée témoignait d'une richesse éblouissante dont un grand nombre de scientifiques n'avaient que faire.

Elena Obratsova pénétrait pour la première fois dans ces salons.

Venue avec son caméraman, Sergey, pour filmer les débats. Pas tous, mais quelques-uns. Ils formeraient un reportage pour la chaîne « Russie aujourd'hui ».

La journaliste arpentait avec fierté les parquets de chêne clair. Elle avait décroché ce job, en partie, grâce à sa plastique avantageuse et, en partie, grâce à ses diplômes de l'école de journalisme. L'option choisie, "journalisme télévisuel", lui avait ouvert des portes, ce dont elle ne se plaignait pas. A vingt-neuf ans, elle présentait un programme, dont elle était l'instigatrice, passant aux heures de grande écoute. Célibataire, elle consacrait sa vie à sa carrière usant, si nécessaire, de ses charmes pour monter en grade.

La conférence en elle-même l'intéressait peu. Elle doutait fort qu'il en fût autrement pour les téléspectateurs scotchés à son émission. Pour cette raison, elle s'ingéniait à décrire les dorures, les cristaux, les nappes damassées et les vitraux du lieu. En bonne journaliste, elle savait que le grand public se passionnait toujours pour l'emballage. En ce qui le concernait, le contenant supplantait largement en importance le contenu.

Clonage et ontogenèse.

Le thème de ces deux journées n'inciterait pas les foules à rêver !

Entre-temps, Elena cogitait sur le titre de son reportage. Même si le rédacteur allait probablement le changer, il était toutefois préférable d'en proposer un. Elle pouvait faire l'impasse sur « ontogenèse », terme trop obscur. En revanche, « clonage » évoquerait certainement un tas de scandales et d'horreurs à la Frankenstein et ferait travailler l'imagination de tout un chacun.

Elle en était là de ses réflexions quand le dernier scientifique de la session prenait la parole : Théodore Latour-Delavigne.

D'après sa chevelure grisonnante, l'intervenant devait avoir la soixantaine bien sonnée. Il parlait avec une éloquence mesurée, consultant peu ses notes et laissait défiler sur le grand écran des diapositives aux schémas colorés. Elena était assez familière avec la génétique pour reconnaître des hélices d'ADN. Toutefois, son anglais était trop sommaire pour suivre les explications de l'homme, prononcées en désignant du faisceau laser différents points des images. Qu'à cela ne tienne, Elena n'était pas là pour faire un reportage sur l'ADN ; uniquement pour faire une émission distrayante. Elle repérait déjà quelques participants à interviewer.

Consultant les feuillets de présentation des interventions, elle lut le nom d'un autre Latour-Delavigne inscrit. Cela pourrait être intéressant de les avoir tous les deux. Peut-être deux frères ou des cousins.

Théodore Latour-Delavigne terminait son exposé sous les applaudissements. Il descendait de l'estrade. Elena s'approcha avec Sergey dans son sillage.

« Excusez-moi de vous déranger. Je suis Elena Obratsova, responsable de l'émission "Cela se passe chez nous". Pourriez-vous me consacrer quelques instants ?

– Oui. Mais très certainement, » acquiesça Théodore Latour-Delavigne de sa voix chaude de baryton en un russe parfait et il l'entraîna vers le salon Tourgueniev.

« Venez que je vous présente mon fils, Damien. C'est lui qui est chargé de la communication. »

Devant le buffet de viennoiseries, un homme à l'élégance toute française dans un costume taillé sur mesure se servait une tasse de thé d'un grand samovar en argent. Le liquide ambré coulait dans une tasse de porcelaine qu'il tenait délicatement d'une main manucurée pendant que l'autre actionnait le levier du robinet.

« Damien, je te présente Elena Obratsova, une journaliste qui fait un reportage sur notre conférence.

– Très bien. Enchanté, je suis tout à vous, » prononça Damien en russe sans accent.

« Oh, mais vous aussi vous savez le russe, » s'exclama Elena. « Vous venez souvent en Russie ?

– Pour être franc, j'habite Moscou. J'ai la chance d'avoir épousé une de vos compatriotes. Je n'ai donc aucun mérite à parler votre langue. Par ailleurs, je le pratique très mal. »

Avant qu'Elena puisse le contredire, le père se mêlait à l'échange de politesses :

« Damien est beaucoup trop modeste. Il est le polyglotte de la famille. Non seulement il connaît le russe, mais aussi le chinois, l'arabe, l'espagnol et encore quelques autres langues en plus de l'anglais et du français, bien entendu. Mais, bon, je vous laisse tous les deux. J'espère vous revoir, mademoiselle Obratsova. »

Galamment, il se pencha pour un baisemain et les quitta sur un signe de tête pour Sergey. Celui-ci filmait des gros plans de la salle, les petits fours, les décorations de table, les vitraux des grandes fenêtres.

Ce n'était un secret pour aucun des conférenciers que les Latour-Delavigne étaient les véritables décideurs des laboratoires Vialet-Laroche. Théodore avait épousé l'héritière en titre et il en avait repris la direction à la mort de son beau-père. Il aurait bien aimé que l'entreprise portât son nom, mais il voulait éviter de froisser les actionnaires. Après tout, ce qui comptait pour lui, c'était majoritairement la possibilité de développer de nouveaux médicaments. Il était estimé et respecté dans le milieu pour ses connaissances et son professionnalisme. C'était son idée d'organiser une fois par an un grand symposium précédé de conférences données par des scientifiques de haut niveau venus du monde entier. Grassement rémunérés, les chercheurs se réunissaient dans les palaces les plus somptueux de la planète. Pour la plupart d'entre eux, il s'agissait là d'un changement plus proche d'un choc culturel que d'une simple diversion. Il avait hissé son fils unique au rang de directeur de la communication et personne n'avait eu à s'en plaindre.

Damien avait le don pour transformer l'annonce d'un nouveau remède en un événement festif. La génétique avec lui devenait un univers ludique peuplé de créatures merveilleuses, bien loin du monde terne des vaccins, des maladies et des paillasses à la blancheur éclatante des instituts de recherches pharmaceutiques.

En ce moment, l'héritier de la fortune colossale des laboratoires avait un mal fou à détacher ses prunelles des seins volumineux qui pointaient sous le petit pull en mohair rose de son interlocutrice.

Quand la caméra se mit à ronronner, il fit un gros effort pour la regarder dans les yeux, mais son vif intérêt pour cette partie de son anatomie n'avait pas échappé à Elena.

L'entretien se déroula sans anicroche et sûre de sa réponse, Elena lui demanda s'il serait d'accord pour qu'elle fasse de lui un portrait de quarante-cinq minutes. Il parlait russe, il habitait Moscou, il avait une famille. Autant d'éléments qui raviraient les téléspectateurs. Damien savait que cela représentait beaucoup d'attention de la part de la journaliste. Pourrait-il la contrôler ? Cette femme était dangereuse. Oui, mais attirante. Et... il ne lui semblait pas indifférent.

4.

Encore sous le choc de la découverte du médecin légiste, Krikov monta les escaliers du poste de police pour se présenter chez son supérieur. La nouvelle à lui annoncer était de taille et, pour l'instant, il n'avait aucune idée de sa signification.

Le commissaire Semionov, Arcadi Mikhaïlovitch Semionov, parlait au téléphone avec sa femme. Elle lui rappelait leur rendez-vous du soir. Ils devaient être à sept heures au Rossia où le maire et son épouse les avaient invités.

C'était une tradition pour les deux couples.

Une fois par mois, ils dînaient tous les quatre ensemble.

Madame comptait sur monsieur pour rentrer à l'heure et se changer. De cette manière, ils pourraient faire tous les deux le trajet de la maison au restaurant.

« Bien, bien, » marmonnait Semionov à chaque phrase de son interlocutrice.

En quarante ans de mariage, il avait appris à laisser les rênes de leur vie familiale dans les mains de sa femme et ne s'en portait pas plus mal.

Après avoir donné une fois de plus son accord à la suggestion du costume qu'il devrait mettre, il raccrocha et sortit une cigarette de la boîte sur son sous-main. Il était sur le point de l'allumer avec son briquet en argent quand on frappa à la porte qui s'ouvrit sur son injonction à entrer.

L'inspecteur Krikov se tenait sur le seuil.

La vue de son supérieur s'apprêtant à jouir de son péché mignon l'interpela. Il hésitait à le déranger.

De larges baies vitrées éclairaient la pièce de Semionov. Un tapis s'étalait sur le parquet ciré devant son bureau de travail. Dans un coin, il y avait un sofa et deux fauteuils entourant une table de salon. Un luxe inouï comparé au cagibi où étaient confinés Krikov et Parov un étage plus bas.

« Entrez, entrez, Krikov. Qu'est-ce qui vous envoie avant le rapport de demain matin ? Rien de fâcheux, j'espère. »

Krikov pénétra dans la pièce, s'assit sur une chaise en face de son chef. Il cherchait à entamer sa phrase sans y parvenir.

« C'est-à-dire... heu... Comment dire...

— Allez-y, mon vieux. Accouchez !

— Je reviens de la morgue.

— Ah, oui ! L'autopsie. Alors, la mort est due à quoi ? Au froid ?

— Pas exactement. Les causes du décès sont encore à déterminer avec précision. Il s'agirait d'une fracture cervicale infligée ante mortem et cause du décès. Mais... le docteur Krougine a fait une découverte surprenante !

– Ah, oui ? Tiens, donc ! Cette chère Krougine fait des découvertes maintenant. Et de quoi s'agit-il, cette fois ?

– Eh bien, accroché à un talon de la jeune femme, il y avait un lambeau de chair.

– Rien d'étonnant si elle a séjourné dans un camion frigorifique ! Il transportait probablement de la boucherie ! »

Krikov se garda de corriger son supérieur sur la nature de la cargaison du véhicule. Il enchaîna.

« Le fragment a été analysé et le tissu contient de l'ADN humain et bovin.

– Un des garçons aura saigné sur un morceau de bœuf. Ces gars-là se coupent parfois. Rien de mystérieux là-dedans !

– C'est aussi ce que j'ai pensé en premier, monsieur le commissaire. Mais il n'en est rien. L'ADN est composé de deux séquences : l'une humaine et l'autre bovine. Il semblerait que ce soit un lambeau d'épiderme mi-humain mi-bovin. »

Krikov se tut.

Entendant ses propres paroles, il était conscient de l'énormité de ce qu'il proférait.

Semionov était tellement abasourdi qu'il en oubliait de tirer sur sa cigarette qui se consumait en un long tuyau de cendre au bout de ses doigts.

« Mi-humain, mi-bovin... » répéta-t-il dubitativement. « Eh bien, en voilà une histoire. Et le docteur Krougine a-t-elle un soupçon de discernement de la signification de cette aberrance ?

– Aucune idée, monsieur. Pour l'instant du moins.

– Je vois. »

Semionov ne percevait rien du tout et cette histoire lui disait que les emmerdes allaient pour le moins commencer.

« Pas un mot à qui que ce soit. Attendons d'avoir plus d'éléments. Prévenez-moi dès qu'il y aura du nouveau. »

Krikov sortit de chez son supérieur avec l'impression qu'il venait de perdre son temps. Le commissaire avait à peine réagi. Peut-être aurait-il dû s'armer de patience et attendre le rapport du lendemain. Mais Semionov lui aurait passé un savon pour ne pas l'avoir mis dans la confidence plus tôt. Cela, il le savait pertinemment.

Aussitôt assis derrière son bureau, il décida d'appeler le docteur Krougine. L'idée de ce lambeau de chair le travaillait.

Par chance, Krougine était encore à la morgue. Elle décrocha à la première sonnerie.

« Vous ne pouvez plus rien faire sans moi à ce que je vois, » lança-t-elle d'un air malicieux.

« C'est exact ! Vos lumières me sont indispensables.

– Que puis-je faire pour vous ?

– Vous souvenez-vous de cette jeune femme retrouvée morte le long du fleuve, il y a trois mois ?

– Celle en guêpière et bas... Holà ! Vous supposez qu'il y aurait un lien ?

– Je me le demande. Leur accoutrement laisse suggérer que oui et leurs blessures étaient assez similaires, non ?

– C'est exact. Vous croyez donc qu'elles auraient pu provenir du même endroit ou pour le moins se connaître.

– Oui. Je pense à une boîte de nuit ou un bar à hôtesses, de ceux portés sur les filles en tenue légère.

– Possible. Mais, les blessures... ?

– C'est vrai, je ne vois pas un club infliger des coups pareils à son personnel. La marchandise est trop précieuse.

– A moins que...

– Continuez, docteur.

– A moins que les lésions ne fassent partie intégrante du job.

– Mais quel genre de spécialité cela pourrait-il être ?

– Ah, ça ! A vous de le découvrir, mais je n'opterais pas pour un simple emploi d'hôtesse topless, si j'étais vous.

– Merci. »

Parov, qui était allé chercher des cafés, revenait tenant deux gobelets. Il avait entendu la dernière phrase de Krikov.

« De quel job parlais-tu et avec qui ?

– Selon le docteur Krougine, les plaies infligées à notre victime du camion seraient similaires à celles de la femme retrouvée morte sur les berges de la Moskova il y a trois mois.

– Oui, je me souviens. Elle aussi portait une sorte de déshabillé sexy, mais elle n'avait pas autant de marques.

– C'est vrai. J'aimerais que tu fasses une recherche dans les bases de données. Regarde si d'autres femmes ont été trouvées avec des blessures semblables.

– A Moscou ?

– Moscou et les grandes villes. Pendant que tu y es, renseigne-toi sur les corps non réclamés et ceux des victimes en tenues affriolantes. »

Parov but une gorgée de son café et se plongea dans les méandres du réseau informatique.

5.

« Le thalamus et l'hypothalamus ».

Sous ce titre prometteur pour les spécialistes, mais dépourvu de tout sens et totalement abscons pour le néophyte, le professeur Arkadi Nikolaevitch Gloushkov présentait une découverte fondamentale.

Dans son laboratoire de Moscou, il avait mis au point avec son équipe de praticiens une technique opératoire particulièrement délicate. Il ne s'agissait ni plus ni moins d'une intervention directe effectuée sur le système cérébro-spinal du patient.

Ils avaient ainsi déjà réalisé avec succès plusieurs chirurgies sur des cas cliniques où une tumeur s'était développée et avait atteint la moelle épinière et le cerveau. Sans opération, le sujet était condamné à court terme ; avec il était sauvé. Que ces interventions aient été pratiquées sur des humains et non seulement sur des primates, des souris ou Dieu sait quoi en révélait l'importance en matière de prouesse pour l'extraction et la réduction de la masse tumorale cervicale.

Le professeur Gloushkov dirigeait aussi la branche moscovite des laboratoires Vialet-Laroche.

Son parcours était celui d'un brillant étudiant russe.

Déjà dans son enfance passée à Saratov, il s'intéressait à tout ce qui touchait de près ou de loin aux sciences. Il aimait faire des expériences.

Dans toute autre nation, étant le fils d'un couple d'ouvriers, il aurait peut-être eu moins de chance d'être repéré pour ses talents de biochimiste. Mais ayant fait sa scolarité avant la Perestroïka et l'écroulement de l'empire soviétique, il avait pu participer aux olympiades organisées dans tout le pays et pour toutes les disciplines. Il en était ressorti lauréat en chimie et en recherche biomoléculaire à l'âge de douze ans, ce qui lui avait valu une bourse d'études. Continuant avec brio, il avait passé son doctorat haut la main et avait été recruté afin de poursuivre ses travaux à Akadem Gorodok, la cité universitaire en Sibérie.

Lors d'un symposium scientifique à Berlin, tenu pour célébrer la réunion de l'Allemagne, il avait fait la connaissance de Damien Latour-Delavigne. Impressionné par ses capacités, celui-ci lui avait communiqué son intention de racheter des laboratoires à Moscou et lui en avait offert la direction. Une proposition acceptée avec joie par Gloushkov. Mis en confiance, Gloushkov avait dévoilé ses recherches sur la résistance à la douleur, effectuées pour le compte de l'armée.

D'une expérience à l'autre, Gloushkov avait fait des découvertes pouvant être qualifiées de sensationnelles. Une certaine orientation les amena à explorer les applications pragmatiques et leurs possibilités dans des domaines concomitants. Ils avaient maintenant entre les mains un protocole stupéfiant qu'ils s'apprêtaient à mettre en grand sur le marché. De fait, ils avaient commencé. Gloushkov ne révélait qu'une infime partie de ses activités. Damien et lui avaient conclu un accord là-dessus.

Ainsi expliquait-il les tâches de son équipe.

Tout en travaillant sur le cerveau de l'être vivant comme d'autres bricolaient leur vieille voiture dans leur garage, ils avaient fait une autre découverte phénoménale qui leur permettait de situer l'endroit précis dans l'hypothalamus où siégeait le déclencheur de l'érection chez l'humain. De quoi soigner l'impotence de tout mâle qui présenterait des signes de déficience sexuelle aiguë. Ce site touchait celui de la douleur. Bien dirigé, le potentiel d'applications devenait énorme. Un coup de bistouri et l'homme pouvait devenir une vraie bête de sexe ou, au contraire, totalement inefficace dans la chambre à coucher.

Une salve d'applaudissements conclut l'exposé du professeur. Il s'agissait là d'une révélation capitale, le véritable clou de la conférence qui enfonçait loin derrière tous les autres intervenants.

Gloushkov souriait, ravi de son succès. Un coup d'œil à Damien Latour-Delavigne lui confirma que ce dernier se réjouissait au même titre que lui.

Tout le monde ignorait la raison véritable de leur euphorie.

6.

Les branches des grands sapins ployaient sous la couche de neige leur donnant l'aspect de gros bonshommes blancs arrondis.

La Mercedes de couleur foncée tourna dans la pâleur ambiante.

Première voiture à violer l'allée immaculée conduisant à la villa, elle évoluait presque en silence dans l'air froid de la nuit.

Le chauffeur stoppa le véhicule devant le perron de la datcha et sortit ouvrir une porte arrière.

Helmut Kroller était un homme de forte corpulence. Sa mère allemande lui avait légué son ossature lourde et ses muscles épais ; son père de descendance scandinave, sa haute stature.

Assis à sa table de travail, éclairé par le halo doré d'une lampe posée à ses côtés, il terminait la lecture d'un rapport financier. Il le reposa sur le bureau. Il verrait le reste des dossiers demain.

Il se leva et enclencha un CD dans le lecteur. Une harpe diffusa ses notes cristallines dans la pièce.

Ce soir, il se voulait paresseux.

A cet effet, il avait troqué son costume trois-pièces en Alpaga gris pour un confortable peignoir en tissu éponge blanc à mi-mollet.

Dessous, il était nu.

Les flocons légers et indifférents tournoyaient nonchalamment derrière les larges baies vitrées.

Helmut Kroller aimait la neige. Surtout en étant comme maintenant bien au chaud.

Des bûches crépitaient dans la cheminée et les flammes projetaient leurs incandescences sur les carafons d'alcools d'un guéridon. Helmut Kroller se servit une bonne rasade de whisky. Irrité, il allait sonner un domestique pour avoir de l'eau plate quand il entendit le ronronnement d'un moteur.

Il s'approcha de la vitre.

Le chauffeur de la Mercedes ouvrait la portière du passager.

A la vue de l'escarpin rouge, qui tâtait la neige pour chercher appui, Helmut sentit son sang irradier plus rapidement son corps. Il allait pouvoir se détendre comme il l'aimait.

La fille était splendide.

Elle était vêtue d'un fourreau noir à paillettes. La fente sur le côté montait jusqu'à l'aine et laissait apercevoir une bande de chair nue au-dessus de la dentelle des bas noirs. Des seins volumineux peinaient à se nicher dans le décolleté. Plus il les observait, plus le désir de les pétrir s'emparait de lui.

Excité, Helmut devinait l'absence de soutien-gorge.

La fille s'assit et croisa ses longues jambes fuselées.

Elle secoua la tête pour s'ébrouer. Ses cheveux blonds ondulaient autour de ses épaules et descendaient en cascade au milieu de son dos.

« Lève-toi », lui intima Helmut.

Docile, elle se leva en lui jetant un regard tranquille.

« Rassieds-toi. »

Elle se rassit.

« Tu prends une boisson ? » lui demanda-t-il.

« Oui, je veux bien.

– Fais comme chez toi. »

La fille se leva.

Sur le guéridon, elle attrapa un verre et se servit un Cointreau sur des glaçons.

Helmut l'observait d'un œil de connaisseur. Elle lui tournait le dos. Sa croupe tendait le tissu noir. Il commençait à bander.

« Viens ici. »

Il tapota la place sur le divan à côté de lui tout en défaisant la ceinture de son peignoir. Son sexe grossissait à vue d'œil. C'était le moment qu'il préférait. Il pensait à ce qu'il allait faire à la fille. Il se réjouissait d'avance. Elle était à lui pour la nuit.

Elle avançait en ondulant vers lui. Elle le regardait par-dessus le bord de sa coupe en buvant une gorgée. Il lui intima de s'asseoir.

Quand elle fut à côté de lui, il plongea ses doigts dans l'échancrure de sa robe pour en sortir un sein. Il lui prit son verre et le plaça sans ménagement sur la table basse. Elle sursauta au bruit sec. Elle était un peu tendue, elle ignorait ce qu'il voulait.

Il fourra son autre main dans le décolleté et déchira d'un coup sec le tissu. Elle avait maintenant les mamelles à l'air. Deux gros seins fermes, de vrais obus. Helmut en malaxait la pointe de plus en plus fort.

D'un mouvement brusque, il bascula son invitée sur les genoux. Il voulait sa bouche autour de son pénis en érection. Il la fit tomber entre ses jambes.

Lâchant le buste, il empoigna la chevelure et imprima à sa tête un balancement d'avant en arrière avec brutalité.

« Tu comprends le principe. Suce-moi ! »

Les lèvres de la fille étaient douces et chaudes. Son sexe durcissait. La chaleur lui envahissait les reins.

Brutalement, il la rejeta quand il fut sur le point de jouir. Ce n'était pas ainsi qu'il le voulait.

Il enserra dans son poing les boucles et de l'autre main, lui arracha la robe.

Elle cria.

Il la gifla avec force sur la croupe. Quelle chute de reins !

Il la força à genoux, lui écarta les fesses. Le petit œil rose le narguait. Il s'agenouilla derrière elle, força son étroitesse et s'y engonça jusqu'au pubis d'un coup sauvage du flanc. La fille hurla de douleur. D'un va-et-vient de plus en plus rapide, il la pilonnait sans pitié, sans tenir compte de ses gémissements. Il rugissait de plaisir. Tenant les cheveux à deux mains en guise de rênes, il s'en aidait pour s'enfoncer encore plus en elle.

D'un dernier coup de boutoir, il explosa en elle et resta ainsi attendant que son érection faiblisse un peu.

« Sers-moi un verre et va te laver. Je n'en ai pas fini avec toi. »

7

Le théâtre du Bolchoï était en effervescence. Une entreprise de casting avait loué la grande salle pour des auditions en vue d'un film. Tout le monde en discutait. Tout ce que Moscou comptait d'acteurs, hommes et femmes, se retrouvait là. La compagnie devait recruter plusieurs talents pour un tournage prochain en Sibérie, sur les bords du lac Baïkal.

On ne savait rien de plus.

Sur le scénario, rien n'avait transpiré.

Certains parlaient d'un film publicitaire ; d'autres d'une production à gros budget par des studios américains dont l'installation près de Moscou était imminente. La seule chose où tous s'accordaient était la rapidité avec laquelle le jury évaluait le potentiel des acteurs et actrices. La plupart d'entre eux étaient renvoyés un pied à peine mis sur le podium.

Le physique semblait prépondérant dans la distribution des rôles.

Dans les couloirs, la file des appelés s'allongeait, mais apparemment, il y avait peu d'élus !

Les hommes et les femmes avaient rempli un petit dossier où les réponses se faisaient par choix multiple pour mentionner, entre autres, s'ils pouvaient quitter la capitale, s'ils avaient des obligations professionnelles et s'ils étaient mariés ou célibataires. Cette dernière question en intriguait plus d'un, de même que celle qui interrogeait leurs liens familiaux, si les parents étaient toujours en vie, s'ils avaient des proches dans la même ville, etc.

Mais, le monde du cinéma étant ce qu'il était, tout en se communiquant leurs réflexions sur le sujet, chacun était persuadé d'avoir la chance d'être retenu aux dépens des autres.

Le jury, composé de quatre hommes assis derrière une longue table installée au parterre, demandait aux acteurs de traverser la scène, de déclarer leurs nom et prénom.

Une assistante avait préalablement distribué à chaque aspirant un brassard avec un numéro correspondant à celui de son formulaire. Elle avait remis les feuilles sur la pile au coin de la table.

Les prétendants au rôle défilaient dans l'ordre. De temps en temps, l'un d'eux était retenu plus longtemps qu'un autre. On lui demandait alors dans ce cas d'effectuer quelques pas supplémentaires, voire un aller-retour complet sur le podium.

Dans la file d'attente s'étirant dans le couloir, les regards étaient tous tournés vers une femme d'une vingtaine d'années. Elle était venue en veste de cuir sur une jupe droite fendue sur le côté.

La beauté irradiait de sa personne.

Une opulente chevelure blonde cascadait de ses épaules à sa croupe. Quelques mèches bouclées virevoltaient autour de ses grands yeux verts à peine maquillés. Elle portait des talons aiguille d'au moins seize centimètres. La cambrure de ses reins en était accentuée.

A sa vue, le désir s'allumait dans le regard des hommes ; une pointe de jalousie dans celui des femmes.

Quand ce fut son tour, elle s'avança sûre d'elle sur le devant de la scène et s'arrêta pour faire face aux décideurs.

« Avant d'aller plus loin, j'aimerais savoir ce que je fais ici et de quel film il s'agit ? »

Sa voix était aussi mélodieuse que son apparition le promettait. Un léger frémissement s'empara de chaque membre du jury. Elle était en tous points ce qu'ils espéraient trouver. Grande, svelte, avec des seins qui tentaient de crever le cuir de sa veste. Elle éclipsait toutes les actrices présentes.

Son brassard portait le numéro 45 ; son formulaire le nom de Marina Pradovska.

« Mademoiselle heu... Pradovska, nous sommes à la recherche d'acteurs et d'actrices pour un film qui va être tourné d'ici peu. Si vous faites partie du casting définitif, nous vous transmettrons tous les détails nécessaires en temps voulu. »

Ce disant, le metteur en scène, Mikhaïl Karpov, de toute évidence le porte-parole des autres membres, consultait le formulaire sous ses yeux.

« Nous vous demandons de bien vouloir suivre Elena, notre assistante, et d'attendre dans le foyer du premier étage. »

Marina comprit qu'elle était invitée à participer à une deuxième ronde d'audition. Satisfaite, elle emboîta de sa démarche féline le pas à ladite Elena.

Une petite brunette et une splendide rousse authentique attendaient dans la loge où la conduisit l'assistante.

Peu après, Elena apporta un jus de fruits aux trois femmes assises sagement sur la banquette en peluche rouge.

Pendant ce temps-là, les membres du jury délibéraient.

« Alors, vous en pensez quoi ? demanda Mikhaïl Karpov.

– Nous verrons après les examens, bien entendu, mais je crois que cela vaut le coup de les faire passer encore une fois, répondit celui qu'ils appelaient Doc.

« Tout à fait d'accord, » annonça le photographe Evgeny. « Faisons-les revenir et je ferai quelques clichés. »

Les trois femmes réapparurent devant le jury pour une séance de photos toute simple. Elles devaient marcher, se retourner, s'asseoir sur une chaise, exprimer plusieurs émotions et sentiments sur commande.

Après cette séance originale, Mikhaïl Karpov s'adressa à elles en des termes les plus banals et si souvent entendus.

« Mesdemoiselles, nous avons vos noms et vos coordonnées. Nous vous contacterons éventuellement dans la semaine pour une deuxième audition. »

Les trois beautés furent congédiées sur cette promesse vague et aléatoire.

Elles se séparaient devant l'entrée des artistes quand Marina proposa :

« Puisque nous sommes toutes les trois sélectionnées, nous pourrions aller prendre un verre ensemble, non ?

– Oui, » acquiesça la brunette en saisissant la main tendue. Elle se présenta : « Eva Petrovna. »

Sa poignée était douce et franche.

« Olga Markova, » dit la rousse serrant à son tour la main des deux autres.

« Eh bien, voilà les présentations faites, » renchérit Marina.

Elles remontèrent la rue Tverskaya vers le café en face du bureau de poste.

Sur le trottoir opposé, deux hommes les observaient.

8

Elisabeta Krougine et Irina Abrossimova avaient l'habitude de s'assoir tous les jours ou presque dans le petit bureau du docteur pour discuter de tout et de rien comme les deux vieilles amies qu'elles étaient.

Irina Grigorieva Abrossimova dirigeait les dossiers d'admissions et de sorties à l'accueil des urgences.

Tout en sirotant leur thé, elles devisaient sur la marche de l'hôpital, échangeaient des potins, parlaient des travaux scientifiques à la mode ou tout simplement se faisaient part de leurs dernières nouvelles. Il n'était pas rare qu'un pensionnaire de la morgue forme le sujet de leur conversation.

Avant de prendre son service d'après-midi, Abrossimova avait assisté à une partie de la conférence au Metropol.

« C'est incroyable, rapportait-elle, à son amie. Il y a un professeur de chez nous qui a fait des découvertes phénoménales ici à Moscou. Tu te rends compte ! Un Russe ! Avec son équipe, il peut enrayer les mélanomes. Peut-être même, guérir le cancer. »

Dans la voix d'Irina transpirait une admiration sans bornes.

« Avec des rayons ou de la chimie ? » voulut savoir Krougine.

« Non, ni l'un ni l'autre. A l'aide d'une opération chirurgicale.

– Mais l'ablation d'un kyste fait depuis longtemps partie des pratiques, » s'étonna Krougine. « Comment cela peut-il être présenté comme une nouveauté ?

– C'est que là, tiens-toi bien ! Il s'agit de tumeurs cervicales et spinales.

– Tu m'en diras tant !

– Mais le meilleur, c'est la découverte du siège de l'érection chez les hommes ! » Krougine et Abrossimova pouffèrent comme deux collégiennes devant une photo cochonne.

« Et, il soigne les impotents comment ton professeur ?

– Eh bien, il peut les transformer en vrais démons sexuels ou bien les anéantir de ce côté-là.

– Whouah ! Ce n'est pas rien, dis donc. » Quand leur fou rire se fut calmé, Abrossimova demanda :

« Et toi, des nouvelles ?

– Exception faite des décès courants de l'hôpital ? Hum. La police nous a apporté une femme frigorifiée dans un camion.

– Tu veux dire que le froid l'a tuée ?

– Non, elle est morte ailleurs. Elle a été retrouvée à moitié congelée dans une cargaison de betteraves, de choux et d'oignons.

– Oh, la pauvre ! Tu te rends compte de l'épitaphe : "Congelée parmi les choux et les oignons." »

Cette remarque déclencha une autre salve de rires chez les deux amies. Irina Grigorieva, la première à retrouver son souffle, s'exclama :

« Mais, on ne gèle pas ces légumes !

– Oui, tout à fait d'accord avec toi sur ce point. D'ailleurs, l'autopsie a révélé que la fin de cette pauvre femme avait eu lieu dans un autre endroit.

– Une affaire criminelle ?

– Sans aucun doute. Le plus curieux était d'une part sa tenue : une guêpière en dentelle rouge et noire, des escarpins d'une hauteur à couper le souffle. D'autre part, l'un de ses talons avait accroché un morceau de chair.

– Tu crois qu'elle aurait pu être tuée dans un abattoir ?

– Avec un tel accoutrement ? Je ne sais pas. »

Krougine se tut.

Elle ne pouvait pas parler de l'étrange composition de l'ADN. Cela faisait partie des secrets de l'enquête. La police n'avait encore rien divulgué de ce côté-là.

Elle reprit d'un air pensif :

« Cela me remet en mémoire cette autre fille dont ils ont trouvé le corps sur les bords de la Moskova, cet été. Tu te rappelles ? C'était en septembre.

– Non, je ne vois rien de semblable.

– Ah, oui. Que je suis bête ! Tu étais en vacances ! Enfin, elle aussi portait une tenue légère très aguichante. »

9.

Marina habitait un petit appartement de deux pièces près de la station de métro YougoZapadnaya. Un peu loin du Centre, mais elle pouvait monter dans une ligne directe pour rentrer chez elle.

Elle s'estimait chanceuse d'avoir pu garder le logement à la mort de ses parents.

Sur le formulaire de l'audition, elle n'avait pas menti : elle était orpheline et elle vivait seule.

Après avoir quitté Eva et Olga, elle avait pris le métro pour rejoindre son domicile.

Le gastronome, la boutique d'alimentation du quartier, avait des fruits en étalage. Elle s'était arrêtée pour y faire des achats.

Au travers de la vitrine, elle avait repéré deux hommes qu'il lui semblait avoir déjà vus dans la journée, mais elle n'y prêta pas attention outre mesure.

Elle remplit la bouilloire d'eau et la posa sur le réchaud à gaz. Elle rangeait les légumes dans le réfrigérateur quand la sonnerie du téléphone retentit.

« Mademoiselle Pradovska ?

– Elle-même.

– C'est Elena, l'assistante de Mikhaïl Karpov, le metteur en scène. Pourriez-vous être disponible demain soir pour des tests de caméra ?

– Oui, bien sûr. Où dois-je me rendre ?

– Ne vous inquiétez pas de cela. Une voiture viendra vous chercher en bas de chez vous vers cinq heures de l'après-midi. Soyez prête. »

Avant que Marina puisse répondre quoi que ce soit, Elena avait coupé la communication.

Le téléphone se remit à sonner.

Marina était perplexe. Elle recevait rarement des appels.

Elle décrocha.

« Mademoiselle Pradovska, excusez-moi de vous déranger une seconde fois, mais j'ai oublié de vous demander de garder la même tenue que vous portiez aujourd'hui. Vous étiez parfaite. Et, inutile d'en parler autour de vous. Vous êtes la première à être au deuxième tour. Les jours suivants, nous verrons les postulants restants. Cela pourrait créer des tensions. »

Encore une fois, la conversation fut coupée sans plus d'explications. Jamais deux sans trois pensa Marina, mais il n'y eut pas de troisième appel de toute la soirée.

Marina comprenait qu'on lui demande de garder pour elle l'audition du lendemain. Certes, Eva et Olga aussi avaient été choisies. Elles auraient pu être jalouses de la voir en première position pour se présenter au metteur en scène. Ses nouvelles camarades avaient, cependant, une tout autre allure et leurs charmes propres n'étaient pas des moindres, c'est certain.

Une brunette et une rousse. Elle était blonde.

Un repas de soupe et de pain noir avalé devant la télévision allumée lui tint compagnie.

Si cette audition se déroulait bien demain, elle pourrait envisager de refaire un peu les peintures, pensait-elle à la vue des murs défraîchis autour d'elle. L'appartement supporterait sans problème un coup de rajeunissement.

10

Des garçons circulaient silencieusement avec des plateaux chargés d'assiettes aux fumets alléchants.

Le brouhaha des conversations emplissait la salle lambrissée d'une rumeur confuse de bon aloi.

Les grands lustres de cristal de Bohême plongeaient les dîneurs dans une ambiance chaude et confortable où ils pouvaient s'observer par-dessus le scintillement des verres sur les tables dont les nappes damassées renvoyaient une douceur luxueuse sur les visages.

Arkady Mikhaïlovitch Semionov et Vladimir Alexandrovitch Lougine étudiaient la carte des vins en attendant leurs femmes respectives, Mara Semionova et Elena Lougina, parties se repoudrer en arrivant.

L'amitié des deux camarades datait de leur passage sous les drapeaux.

Ils avaient tous les deux fait leurs classes au même moment en Tchétchénie. Semionov était alors le supérieur de Lougine.

Maintenant, Lougine était le maire de Moscou et Semionov commissaire de police. Ils aimaient savourer un dîner mensuel ensemble avec leurs épouses qui appréciaient cette sortie tout autant qu'eux.

D'un accord tacite, ils ne parlaient pas boutique devant les dames.

D'un autre côté, celles-ci s'éclipsaient au moins deux fois au cours du repas pour leur permettre d'échanger des trucs d'hommes, comme elles disaient. Selon leur habitude, Mara et Elena les avaient abandonnés en prenant place à leur table.

Pendant ce temps-là, Arkady et Vladimir étaient supposés composer le menu, ce qui était un euphémisme, car ils prenaient toujours ou presque les mêmes plats depuis plusieurs années qu'ils venaient. Ils laissaient, en règle générale, le soin du choix au maître d'hôtel qui connaissait leurs goûts et ils faisaient plus ou moins semblant de discuter les vins proposés. Ils se rangeraient, de toute façon, à l'avis du sommelier.

Pour qui les voyait la première fois, les deux hommes auraient pu être frères. De haute stature, les épaules larges, les cheveux blonds coupés court, ils représentaient, avec leurs prunelles bleu acier, le type parfait du slave. Le fait d'être tous les deux originaires de Sverdlovsk, comme ils appelaient encore entre eux Ekaterinbourg, les avait rapprochés pendant la guerre.

Leurs femmes, en revanche, étaient on ne peut plus différentes l'une de l'autre.

Elena arborait la coiffure flamboyante d'une grande rousse aux yeux verts. Elle était mince et dépassait d'une bonne tête Mara, qui était une petite brunette enrobée pleine de charme.

« J'ai entendu parlé de cette curieuse histoire. Cette femme retrouvée morte dans un camion... C'est vraiment n'importe quoi ! » s'exprima pendant l'absence de ces dames Lougine qui adorait les anecdotes macabres.

« Oui, enfin... On n'en sait pas grand-chose, pour l'instant. On l'a découverte ce matin.

– Et, d'après ce que j'ai lu, elle était vêtue, plutôt succinctement. Un affublement érotique à ce qu'il paraît ?

– En effet, une tenue très légère : guêpière et escarpins, » continua Semionov. Il ignorait jusqu'où il pouvait divulguer les arcanes de l'enquête à son ami et surtout qu'est-ce qui était secret et ce qui ne l'était pas. Ses hommes s'étaient bien gardés de donner trop de précisions à la presse et préféraient taire encore un moment la présence de l'étrange ADN sur le talon de la femme. Il enchaîna sur un ton badin.

« Il paraît qu'elle était très jolie. Krikov n'a aucune idée de la manière dont elle a atterri dans ce camion.

– C'est très simple, il s'agit probablement d'une call-girl ou d'une serveuse topless qui s'est fait descendre. Je pense qu'il faut chercher dans le milieu de la pègre.

— Tu dois avoir raison. Je passerai le tuyau à Krikov.

— Autre chose. J'ai revu Yaroslav, dernièrement. Tu te souviens de Yaroslav Bagotov ?

— Un grand bougre qui venait de Severosbaïkalsk.

— Oui, c'est cela même. Il me racontait que là-bas, le complexe militaire où nous avons fait un entraînement a été vendu à des particuliers !

— Quelle honte ! Tout fout le camp, je te jure !

— C'est bien vrai, mais que veux-tu y faire ? Les gars ont besoin d'argent. Poutine a donné son accord en personne lors d'une visite éclair.

— S'il le dit !

— Il pense que c'est préférable.

— Tu l'as rencontré à sa datcha de Jouvovski ?

— En fait, nous sommes pour ainsi dire voisins. Il y traite autant d'affaires que dans son bureau aux murs beiges du Kremlin !

— Mais, pour revenir à Yaroslav, il t'a fait part d'autre chose d'intéressant ?

— Bah tu sais, les trucs habituels. Il voyait des filles splendides faire leur jogging en groupe. Bref, son imagination est toujours aussi débordante.

— Tiens ! Quand on parle du loup... Voilà les nôtres qui ont terminé leur mise au point esthétique ! »

Mara et Elena réapparaissaient et prenaient place à leur table.

Le retour des dames coupa net la conversation sur le sujet.

11

Damien Latour-Delavigne possédait une résidence dans le quartier de Barvikha près du château de Meyendorff. Il était marié à une femme russe, Karlota, qui lui avait fait deux beaux garçons, Ptjor et Ilitch.

Si son père avait un peu rechigné au début à l'annonce de son intention de s'unir à une Russe, le développement exponentiel du marché des produits pharmaceutiques et la possibilité de racheter des laboratoires en Russie l'avaient totalement réconcilié avec cette alliance.

Damien pouvait diriger le secteur russe et recruter des cerveaux sur place. Un avantage énorme en résultait pour le bénéfice de toutes les parties concernées.

La section russe des laboratoires Vialet-Laroche avait organisé le colloque d'une façon plus que satisfaisante. Damien avait invité des scientifiques de classe internationale dont l'unique préoccupation était la recherche. La seule chose qu'ils désiraient, c'était des officines équipées pour pratiquer leurs expériences. Damien pouvait les leur procurer.

Karlota, aidée de sa cuisinière, s'était surpassée pour plaire à tout le monde.

Son mari et son beau-père avaient été gâtés pendant la conférence. Egaler le grand-chef du Metropol représentait un véritable défi, mais son chou farci servi avec des carottes et des oignons frits fit l'unanimité des heureux convives.

Aux dires de tous, le dîner était excellent.

Le père et le fils se retirèrent dans le bureau pour fumer un cigare.

Son paternel était vieux jeu. Damien hésitait à lui faire part des dernières avancées de leurs travaux et surtout des applications envisagées pour lesdites recherches.

Théodore désirait inspecter le laboratoire de Moscou. Très bien. Il le lui ferait visiter sans problème. Mais il était hors de question de l'amener à la section de Khimky sur la route de Saint-Pétersbourg.

De toute évidence, il n'était pas encore prêt pour une révélation de cette ampleur.

Le serait-il jamais ?

Chapitre II

12

L'imposante datcha se dressait dans une clairière immaculée ceinte d'arbres centenaires. Les branches ployaient sous la neige accumulée les derniers jours.

Le sol n'était plus qu'un épais tapis blanc.

Seules des balises solaires allumées indiquaient le contour des allées de leur rayonnement doré.

Le soir tombait.

Bientôt, il ferait nuit.

La lune se levait. Son reflet moirait de mauve la lactescence alentour.

Une odeur âcre de bois brûlé flottait dans l'air vif.

Mikhaïl Yegourine tira une dernière bouffée de sa Marlboro et envoya d'une chiquenaude le mégot se perdre au bas des marches en un brasillement fugace.

La tranquillité dont il jouissait encore à l'instant serait sous peu remplacée par le brouhaha de la fête. Tout était prêt à accueillir ses hôtes. L'eau de la piscine chauffée ; les cocktails glacés ; les bûches crépitaient dans les âtres.

A tous ses invités, Mikhaïl Yegourine se présentait comme un homme d'affaires puissant. Il en avait l'allure avec ses costumes trois-pièces confectionnés à Londres sur mesure, son fume-cigarette dans lequel il coinçait des Dunhil mentholées sans jamais les allumer, leur préférant de loin les Marlboro, mais un fume-cigarette donnait un genre chic, selon lui.

En fait, au travers d'une association tout ce qu'il y a de plus mafieuse, Yegourine contrôlait toute la gamme des activités criminelles qui prenaient place, non seulement à Moscou, mais aussi dans beaucoup des grandes villes de la fédération russe : prostitution, drogues diverses, distilleries clandestines, revente de voitures volées maquillées, rackets de toutes sortes, kidnappings arrangés ou non, chantages, trafic d'armes et d'équipement militaire, de combustible nucléaire et d'organes.

De Brest à Vladivostok, peu de choses se passaient sans qu'il perçoive un pourcentage confortable.

Mais, la plus juteuse des combinaisons, celle qui allait lui engranger des bénéfices énormes, allait débuter ce soir.

Les fêtes qu'il organisait pour ces insatiables nantis allaient prendre une tournure que peu d'entre eux soupçonnaient. Mikhaïl Yegourine était un fin connaisseur de l'âme humaine et ses tréfonds grouillants des désirs les plus pervers. Il allait les nourrir, distribuer aux fauves des sensations fraîches dont ils ne pourraient plus se passer après y avoir goûté.

Au coin de l'allée, il vit les deux dobermans suivis de Ptior qui faisait sa ronde. Il consulta sa montre par habitude, car il faisait entièrement confiance à l'homme aux chiens. Les molosses étaient dressés à laisser entrer tout le monde. Toutefois pour ressortir de la propriété, leur maître devait leur en donner le signal.

Jusqu'à présent personne ne s'était jamais aventuré à sauter le mur d'enceinte de deux mètres surmonté de barbelés électrifiés. De la villa, la clôture était invisible aux regards, cachée par les grands arbres.

Dans cette banlieue de Moscou, les plus proches voisins se trouvaient à plus de cinq cents mètres, chaque habitation bénéficiait d'un terrain de plusieurs hectares.

Mikhaïl Yegourine avait fait construire la sienne sur un terre-plein planté de bouleaux. Au sous-sol, il avait installé un équipement sanitaire digne d'une équipe olympique, des bains turcs, un hammam, un sauna norvégien. Une bania russe tout en rondins et une piscine se prolongeaient à l'extérieur. L'ensemble était d'un luxe inouï en mosaïques pompéiennes et bois précieux dont les essences embaumaient l'atmosphère.

Enfouie dans la verdure, dissimulée aux voisins ou à d'éventuels passants, c'était l'endroit idéal pour les partys qu'il donnait.

A cette pensée, les lèvres de Yegourine s'étirèrent en un sourire narquois. Les convives ne venaient certes pas pour admirer les faïences des piscines, mais pour les nageuses qui évoluaient dans les bassins.

Les fêtes à la datcha Nina étaient spéciales. Il y avait peu d'invités à chaque fois et uniquement des hommes.

Jamais plus de dix par soirées. Soirées qui, par ailleurs, pouvaient très bien se prolonger deux ou trois jours.

Pour l'instant, tout devait encore commencer.

Huit heures.

La première voiture passait les grilles et pénétrait sur la propriété.

Quelques minutes plus tard, le chauffeur en uniforme noir venait ouvrir la portière arrière pendant qu'un homme, en costume similaire, sortait de la place avant et se tenait immobile avec un attaché-case en cuir à la main. Il attendait patiemment que le passager descende.

C'était un homme d'une cinquantaine d'années, un ministre des Pays-Bas, tout juste atterri à Moscou. Il fit signe au porteur de la mallette. Celui-ci la remit à Mikhaïl Yegourine qui la déclina et désigna son lieutenant pour la prendre.

La petite valise disparut.

Les deux gars en noir remontèrent dans la limousine et la dirigèrent vers l'arrière de la villa sur les indications du secrétaire.

L'homme du gouvernement avança la main et Mikhaïl Yegourine la serra chaleureusement :

« Avez-vous fait bon voyage, monsieur le ministre ?

– Oh, excellent, mon cher Mikhaïl. »

Yegourine savait flatter ses invités. Clients, en fait, car avec une participation financière, on ne pouvait plus parler d'invités.

Ce soir-là, huit voitures s'alignèrent sur le parking et huit attaché-case changèrent de propriétaires. Ils contenaient chacun la coquette somme de cinq cent cinquante mille dollars que le secrétaire s'empressa de mettre dans un coffre.

Les hommes qui étaient aujourd'hui conviés à cette fête particulière se connaissaient tous plus ou moins de vue. Ils fréquentaient les mêmes milieux. Ils venaient régulièrement à la datcha Nina y chercher des sensations qu'ils ne pouvaient trouver nulle part ailleurs et ils étaient prêts à payer pour cela et à payer grassement.

L'annonce d'une attraction nouvelle avait fait monter le prix, mais pour ces puissants du monde, il s'agissait là d'une bagatelle.

En plus du Néerlandais, il y avait un ancien président des États-Unis, deux princes d'Arabie Saoudite, un armateur grec dont la fortune colossale se chiffrait en milliards de milliards, un fabricant d'automobiles japonais, un Premier ministre français et un noble de sang espagnol. Dans leur entourage, personne, hormis leur homme de confiance, n'était au courant de leur escapade moscovite.

Mikhaïl Yegourine mettait des limousines à leur disposition dès qu'ils touchaient le sol russe. Aucun d'entre eux ne prenait un vol régulier. S'ils n'en possédaient pas, ils louaient un avion avec pilote comme un autre commande un taxi.

Une fois la mallette dans les mains du secrétaire de Yegourine, un maître d'hôtel les conduisait à une suite où ils pouvaient se rafraîchir en compagnie d'une charmante hôtesse qui leur expliquait les gadgets de leur nouvel appartement. Elles les ramenaient au salon pour prendre un verre avant le début de la rencontre. Là, les femmes de la soirée patientaient.

Deux grandes pièces en enfilade accueillaient le cœur de la fête. Dans l'une, une table dressée pour trente couverts attendait les convives. La nappe violette, la vaisselle en porcelaine rouge, les cristaux, l'argenterie et les chemins de décoration annonçaient un dîner officiel. Sur des petits cartons, les prénoms des invités. Aucun nom. Aucun titre. Seuls les prénoms avaient cours lors de ces réunions.

Sur trois côtés, d'immenses miroirs du sol au plafond reflétaient les bougies fichées dans des candélabres à branches de vermeil.

Dans le salon, des maîtres d'hôtel en smoking passaient des plateaux chargés de verres aux contenus multicolores. Des beautés nues, à l'exception d'une coiffe et d'un tablier de soubrette, présentaient des lignes de cocaïne sur des plaques d'argent.

Les hommes les palpaient sans vergogne au passage, la main sur leurs fesses ou bien s'aventurant sous la dentelle du tablier à la recherche de l'intimité où plonger un doigt. Souriantes, les serveuses les laissaient faire, n'esquissant même pas l'ombre d'une grimace quand des pattes violemment leur empoignaient un sein.

Il y avait aussi des femmes superbes, en tenue de soirée, perchées sur des talons gigantesques. Celles-là arboraient des vêtements aux décolletés vertigineux qui contenaient avec peine des mamelles généreuses. Leurs dos étaient découverts jusqu'à la cambrure des reins et l'arrondi des fessiers. Des robes fourreaux en lamé, fendues de la taille aux pieds, certaines à droite comme à gauche, d'autres devant et derrière. Toutes laissaient voir des galbes parfaits dont on suspectait la nudité totale sous les étoffes.

Deux ou trois femmes portaient des guêpières blanches ou rouges avec des escarpins assortis et des bas noirs tenus par des jarretières en dentelle.

Celles-ci sirotaient une boisson en s'appuyant nonchalamment au bras des convives. Elles participaient à la conversation et les hommes les effleuraient discrètement. Chaque invité au dîner serait flanqué de deux de ces sublimes créatures.

Les murs consistaient en écrans géants sur lesquels se projetait le film d'une grande réunion mondaine. Une réception où les mâles étaient en costumes et les femmes dévêtues à l'exception de leurs bas noirs et de leurs chaussures à talons.

Mikhaïl Yegourine circulait entre ses hôtes s'assurant que tous avaient une boisson selon leurs désirs. Ce faisant, il démontrait la docilité de son personnel féminin distribuant ici et là des tapes amicales sur les fessiers dénudés des serveuses.

Les alcools aidant, les hommes se sentaient à l'aise. La présence des visions offertes n'y était pas pour rien.

« Messieurs, le dîner nous attend, » annonça Mikhaïl à l'assemblée. « Passons à table, je vous prie. »

Le prince d'Arabie Saoudite lâcha le sein de la petite soubrette qu'il malaxait pour s'emparer de la taille d'une femme en robe qu'il poussa devant lui.

« Celle-là, je la veux pour moi. »

Personne ne lui en contesta la propriété. Au contraire.

« Vous avez droit à une seconde accompagnatrice, » lui fit remarquer le ministre français qui avait une beauté accrochée à chaque bras.

Le prince fit signe à une rousse en lamé vert de le rejoindre, ce qu'elle fit de sa démarche chaloupée en souriant.

La tablée avait l'allure d'un dîner officiel si ce n'était que les dames étaient un peu plus décolletées et que certaines s'agenouillaient sous la nappe, la tête entre les cuisses d'un homme.

Chacun conversait de tout et de rien, en véritables habitués du monde.

Les discussions sérieuses étaient réservées pour les petits comités.

Rien que de très normal dans ce genre d'assemblées.

13

Les cheveux en brosse à la militaire, Tim Carson, ancien président des États-Unis, se targuait d'avoir été un Marine dans sa jeunesse. Il avait combattu aux quatre coins de la planète avant de se lancer dans la diplomatie. Son statut de héros lui avait ouvert bien des portes ; ses excès en tous genres lui en avaient fermé d'autres. Tim Carson possédait un grand talent aussi nécessaire en politique que dans l'existence au quotidien : l'oubli. Il était doué d'une capacité inégalable pour faire abstraction de ce qui le dérangeait. Maintenant qu'il avait décidé de quitter les méandres et les aléas de la recherche du pouvoir, à la tête d'une immense fortune personnelle, il jouissait de la vie et s'adonnait à la réalisation de ses fantasmes, sexuels pour la plupart. Sa rencontre avec Mikhaïl Yegourine avait été une véritable bénédiction pour lui. Il était devenu un invité récurrent des réunions sophistiquées à la datcha Nina. Ayant des appétits assez normatifs, Yegourine le voyait venir avec appréciation, d'autant plus que la participation financière se situait loin au-dessus du coût de ses plaisirs.

Dès que la fille entra, Tim Carson sentit son aine frissonner.

Devant lui se tenait une grande rousse aux formes sublimes. Elle avait d'immenses yeux verts et des boucles qui encadraient son visage ovale aux lèvres pulpeuses. Sa robe longue, largement échancrée, la gainait parfaitement. Elle semblait collée à elle. Elle ne portait rien en dessous comme le laissaient observer les quatre fentes qui partaient des hanches et faisaient virevolter le tissu autour de ses mollets à chaque pas.

Tim Carson était aux anges.

Le décolleté contenait des mamelles généreuses. De profil, les seins et la croupe dessinaient un S aux arrondis égaux et bien rebondis.

Tim Carson s'assit sur le fauteuil près de la fenêtre.

Il avait demandé à voir des naïades nues évoluer dans la piscine sous son balcon. Elles étaient là, gracieuses dans l'eau bleue. Des petits nuages de vapeur s'échappaient de leurs lèvres.

La femme marchait toujours lascivement dans la pièce.

Tim Carson, d'un signe de la main, la fit approcher. Il désirait une fellation, mais la fille devait rester debout et se pencher sur lui. Il voulait voir la chute des reins pendant qu'elle le besognait et pouvoir jeter des coups d'œil vers la piscine entre-temps.

Il sentait les seins de sa partenaire lui balayer les cuisses à chaque va-et-vient qu'elle faisait. Sa bouche était suave et elle savait y faire.

Sa verge, durcie par les efforts conjugués des lèvres et des mains, se dressait à la verticale.

Il releva la fille en la prenant sous l'aisselle, et la faisant s'assoir sur ses genoux, il l'empala sans douceur sur son membre érigé. Il agrippa ses seins comme s'il voulait les extirper du torse. Il les malaxait au rythme de leur coït.

Quand il se sentit sur le point d'éclater, il la projeta en avant pour lui inonder le dos et la chevelure.

D'un œil lubrique, il contemplait sa production et en pressa les dernières gouttes de ses doigts.

14.

Willem Kemper était, pour un Néerlandais, de petite taille.

Un mètre soixante-quatorze était bien le strict minimum pour un Batave.

Il aimait les brunettes. Probablement pour compenser ses cheveux blond filasse qu'il portait courts, dégagés sur les tempes et la nuque.

Dans un costume gris perle, ses chaussures bien cirées aux pieds et son nœud de cravate bien ajusté, il aurait pu se rendre, habillé ainsi, tout droit au ministère, si ce n'était la dague dans la main droite qu'il reposa sur le manteau de la cheminée à l'entrée de la fille.

Personne ne le dérangerait.

Kemper le savait.

Il payait pour cela.

La fille avait exactement l'allure souhaitée. Des cheveux bruns coiffés en un chignon volumineux sur la nuque, de grands yeux noisette ourlés de longs cils.

Il nota au passage le maquillage parfait des lèvres. Il avait envie de les mordre.

Elle portait un tailleur sévère à jupe serrée avec un chemisier boutonné sur le devant. Le regard de Kemper s'attarda un instant sur l'échancrure prometteuse pour descendre vers les jambes gainées de bas à couture et les escarpins rouges.

Dans son poing, elle avait un attaché-case en cuir noir.

« Tourne-toi, » lui intima-t-il.

La fille fit un demi-tour sur elle-même. Il put admirer son côté pile n'ayant rien à envier au côté face. La cambrure des reins était parfaite.

« Laisse ta mallette et lève les mains devant toi, » commanda-t-il.

Docile, elle posa sa mallette sur la moquette et obtempéra, les deux bras à l'horizontale.

« Au-dessus de la tête, » lâcha-t-il d'une voix sourde.

La fille s'exécuta.

Comme il l'espérait, la veste remonta un peu lui offrant vue sur la chair à hauteur de la taille et la ceinture de la jupe.

Il s'approcha d'elle, lui saisit les deux poignets dans une main et fourragea dans le chignon de l'autre. La masse de cheveux croula sur les épaules et le dos jusqu'aux hanches.

« Très bien, » fit-il en la faisant brutalement lui faire face.

Tout en continuant à la maintenir dans cette position, il la gifla à toute volée et arracha d'un geste rageur son chemisier. Les boutons sautèrent et libérèrent les seins à peine contenus par la dentelle. Le minuscule soutien-gorge dissimulait tout juste leur aréole beige. Il avança la main et lui pinça avec force le téton, le fit tourner entre le pouce et l'index. Il voulait l'entendre crier. Elle suffoqua sous la douleur et des larmes lui vinrent aux yeux.

Il se passa la langue sur les lèvres. Cette nana était un morceau de choix.

Il la lâcha aussi brusquement qu'il l'avait attrapée. La soudaineté du geste la surprit et elle trébucha.

« Ouvre ta mallette. Prends ton bloc-notes, je vais te dicter une lettre. »

La fille se baissa pour saisir la poignée chromée dévoilant le haut de ses cuisses. Il sentit un début d'érection.

Le jeu pouvait commencer.

Elle était sa secrétaire. Toute à lui.

Les cheveux défaits, le chemisier en lambeaux, les seins à moitié à l'air, elle se tenait droite prête à noter le courrier. Kemper jubilait. Son fantasme prenait vie.

L'excitation l'envahissait. Sa jouissance prenait lentement possession de lui.

Il ouvrit sa braguette, laissant la turgescence de son membre s'épanouir à l'air libre.

Il dicta nonchalamment quelques phrases.

« Monsieur, nous avons bien reçu votre message, ce dont nous vous remercions."

Puis, il éclata d'un rire fracassant.

« Pose ton papier sur le bureau. Raccourcis ta jupe. Elle est trop longue, mais très lentement. »

Elle obéit avec docilité.

« Encore un peu. Voilà. Doucement. »

Pendant qu'elle faisait remonter le tissu sur ses cuisses, il se massait avec délectation.

« Arrête. Marche. Fais attention qu'elle ne retombe pas. »

Le vêtement au ras des fesses, la fille allait de long en large dans la pièce. Elle fit un faux pas et lâcha la jupe d'un coup, cachant la chair au-dessus des bas.

Kemper ne fit qu'un bond et la bourra de coups de poing.

« Espèce d'idiote ! Tu l'as fait exprès ou quoi ? »

Il la fit passer dans la chambre à coucher à coups de pieds.

« Je vais t'apprendre, moi ! »

Il hurlait, lui tirait les cheveux.

La saisissant par l'ourlet, il arracha sa jupe.

Il se calma quand il vit qu'elle ne portait pas de slip.

« Voilà qui est mieux. Nettement mieux. »

Il la jeta sur le bord du lit. La fit mettre à genoux. Les jambes écartées. D'une main experte, il fouillait l'intimité humide ; de l'autre, il se faisait durcir au creux de sa paume avec des mouvements secs et brusques.

Quand il sentit la force le submerger, il sépara les fesses rondes et s'enfonça en elle d'un coup de rein brutal.

La fille cria, ce qui augmenta d'autant son plaisir.

Empoignant la chair à pleine main, il la faisait aller et venir sur sa verge avec une rapidité qui la faisait hurler.

Il lui faisait mal.

Il le savait.

Il en jouissait.

Il ressortit complètement pour se plonger en elle encore plus fort, plus profond et plus vite.

D'un coup, il lui lâcha les reins et enfouit son membre entre ses lèvres offertes. Il changeait d'entrée avec volupté. Un coup devant, un coup derrière.

Elle ne criait plus.

Elle s'était évanouie sous les assauts répétés.

Il la remit sur le dos.

La gifla.

Elle gémit et ouvrit les yeux.

« Parfait. Je veux que tu restes avec moi. »

Il arracha les lambeaux du chemisier. Déchira la dentelle du soutien-gorge.

Il s'agrippa à ses seins et la pilonna de nouveau avec encore plus de brutalité.

Il la retourna sur le ventre et arc-bouté des deux mains à sa poitrine meurtrie, il gicla en elle en rugissant un râle sauvage et triomphant.

15.

Un peu déçue de ne pas voir une limousine venir la chercher, Marina s'était assise sur la banquette arrière d'une voiture japonaise de petit format entre deux hommes. Elle s'était légèrement assoupie durant le trajet.

En sortant du véhicule, elle fut surprise de voir la forêt autour d'eux. Elle reconnut le lac gelé de Serebranye Bor.

Le paysage était féérique, les arbres arrondis sous un épais tapis de neige dissimulaient la villa vers laquelle ils se dirigeaient. Le site de tournage lui rappelait Docteur Jivago.

Au détour d'une allée, elle vit des caméras sur trépieds, une autre sur une grue où était aussi installé un siège. Certainement, celui du réalisateur.

Des projecteurs balayaient la scène d'une lumière chaude un peu rosée.

Elena, l'assistante de Mikhaïl Karpov, vint l'accueillir et l'emmener dans une grande pièce qui servait de loge. Elle lui donna une sortie de bain en tissu éponge de couleur crème, lui demanda de se dévêtir et disparut à la recherche de cafés, dit-elle.

Elle revint chargée de tasses fumantes. Une maquilleuse et un photographe l'accompagnaient.

Une habilleuse apporta de somptueux manteaux de vison, d'hermine et d'autres fourrures, les tint contre son visage et décida pour un renard argenté.

« Enlevez le peignoir, vos dessous et mettez-le, lui dit-elle.

– Mais, je n'ai pas de costume ? répondit Marina.

– La consigne est "totalement nue sous la pelisse à l'exception de jarretelles noires, de bas et d'escarpins". Je suppose que cela signifie sans rien de plus et qu'il s'agit de votre équipement pour la session. »

Marina était bien trop professionnelle pour rechigner. De plus, Elena lui avait précisé que les tests de caméra seraient rémunérés. Elle obtempéra et avança derrière l'assistante en serrant les pans de son manteau autour d'elle.

Une voix retentit dans un haut-parleur :

« C'est bon, Elena. Merci. »

Marina vit d'autres projecteurs s'allumer un à un. Dans le halo doré, elle découvrit une table basse et deux fauteuils en rotin sur la terrasse. Sur l'un d'eux, un homme était assis une cigarette entre les doigts.

La voix continua :

« Sergey, tu te lèves quand elle avance vers toi. Marina, vous traversez l'espace vers lui. Soyez naturelle et lâchez ce manteau. Il ne va pas s'envoler ! »

Marina se sentait empruntée et gauche. Si elle ne tenait pas les pans de la fourrure à deux mains, ils s'ouvraient à chaque pas dévoilant son anatomie dénudée. Mais elle désirait ardemment le rôle et elle se plia aux exigences qu'on lui demandait.

Les prises furent répétées plusieurs fois jusqu'à la satisfaction du metteur en scène.

Le photographe mitraillait sous tous les angles.

« Très bien, vous deux. On recommence encore une fois et quand elle est près de la table, tu la défais de son renard, Sergey. Vous, Marina, vous vous placez face à la vue. Ne changez rien à l'expression du visage. Restez naturelle. Vous arrivez, c'est logique qu'il vous débarrasse de votre manteau avant que vous ne vous asseyiez. »

Dit comme cela, oui, c'était habituel. Mais était-ce si normal qu'elle fut nue comme un ver devant une caméra pour un test ?

Marina avait confiance en sa plastique parfaite et elle en était fière. S'il y avait quelques passages érotiques dans le film, c'était compréhensible qu'ils veuillent être au courant de ce à quoi elle ressemblerait le moment venu.

On avait vu des productions faire le plongeon parce que l'actrice était comparable à une planche à pain. Ce n'était pas son cas. Aussi, très sûre d'elle, elle se tourna vers

Sergey sourit face à la caméra quand il fit glisser le renard de ses épaules le long de son dos.

Marina se cambra, rentra le ventre et exhiba fièrement le dôme de ses seins.

« Coupez, hurla le réalisateur. Vous êtes sublimes tous les deux. Fêtons ça ! »

Le manteau avait disparu et Marina restait nue, un verre à la main au milieu de ces hommes. Elle n'avait pas froid, la chaleur des projecteurs l'enveloppait. Elle comprit qu'elle avait le rôle aux regards satisfaits lancés dans sa direction. Pas une seconde elle ne s'étonna qu'étant la première à passer l'audition, elle fût retenue.

Elle goûta une gorgée du cocktail au goût d'orange amère. C'était délicieux. Elle avait soif.

Elle le but d'un trait.

16.

Accompagnée de Sergey, son cameraman attitré, Elena Obratsova faisait des repérages pour les prises extérieures.

Le quartier de Barvikha et ses villas cossues avait tout pour enchanter ses téléspectateurs. Ils adoraient voir de près le luxe qu'ils ne pouvaient se permettre.

Les hautes grilles, surmontées de flèches dorées ouvrant sur des allées larges comme des avenues, égaieraient les repas familiaux consommés dans des cuisines étriquées surchargées de meubles et de bibelots où trônait en bonne et due forme un poste de télévision obsolète et ventru à l'émission souvent neigeuse.

Elena savait capter l'attention de ceux collés au petit écran. Rares étaient les personnes gardant son programme en bruit de fond. En règle générale, tous les yeux étaient braqués sur les images présentées dans ses reportages.

Sergey possédait un goût inné pour le cadrage. Il n'oubliait jamais de zoomer sur sa patronne et surtout sur ses décolletés plongeants, de véritables aimants pour les regards. Ils formaient peut-être l'une des plus grandes attractions de « Ça se passe chez nous ».

Ils arrivaient maintenant devant le portail en fer forgé des Latour-Delavigne dont Sergey filmait les détails en long et en large.

Ils pénétrèrent sur le sol de la propriété où ils étaient attendus. Damien, sur le perron avec, à ses côtés Karlota, sa femme, les salua d'une poignée de main vigoureuse. Devant eux, leurs deux garçons, Ptjor et Ilitch se tenaient droits, presque au garde-à-vous. Ils avaient longuement été sermonnés et avaient retenu la leçon.

Une fois faites les présentations dûment enregistrées par Sergey, le groupe s'engouffra à l'intérieur suivi par toute une équipe de techniciens qui plaçaient aux points stratégiques des projecteurs dont le public ne soupçonnerait même pas l'existence. Il en irait de même pour le perchiste et son micro tendu au-dessus des têtes, loin du champ de la caméra.

Sergey marchait la Nikon à l'épaule filmant les meubles et les tableaux du salon.

Sur invitation de Damien, il continua vers la cuisine et la terrasse.

Pendant ce temps-là, Elena discutait tranquillement avec Karlota pour la mettre à l'aise. Elle mentionna quelques-unes des questions qu'elle poserait au cours de l'entretien.

Ptjor et Ilitch couraient excités dans toutes les pièces, heureux de la diversion. Leurs semelles claquaient au rythme de leurs pas.

Elena Obratsova n'avait pas sa pareille pour pénétrer l'intimité des gens et leur faire oublier les techniciens, les faisceaux crus des projecteurs soudain illuminant la scène, les fils électriques déroulés au sol et tout le matériel qui avait envahi leur espace personnel.

Après deux heures d'entretien, il était évident que ce serait une émission réussie. Elena faisait part de ses attentes au couple devant elle et indiquait les horaires de programmation quand le téléphone dans sa poche retentit de ce petit son aigrelet caractéristique d'un appel entrant.

Elena appuya sur la touche pour répondre. Damien profita de ce moment pour lui glisser une carte de visite dans la main.

Elle la retourna et lut : « Hôtel Métropole, suite 504, 18 h ». Elle coula un regard oblique vers Damien et, d'un signe de tête, lui communiqua son assentiment.

17

Elena Vladova traversait d'un pas assuré le boulevard Tverskoï. Elle avait rendez-vous avec Mischa Borlov près de la statue de Pouchkine. Originaire de Saratov, Mischa l'avait abordée sur la place des Trois gares trois jours auparavant.

Ils avaient sympathisé.

L'allure de l'homme l'avait immédiatement séduite.

Il était beau garçon, portait des bottes en vrai cuir dans lesquelles il rentrait un jean noir. Son blouson court, dévoilait ses cuisses, que l'on devinait musclées, et lui donnait l'air d'un cosaque comme ceux des ballets des chœurs de l'Armée rouge. Elena les avait vus une fois à Saratov à l'occasion de l'anniversaire de la Révolution. Elle en avait gardé un souvenir émerveillé. Mischa correspondait tout à fait à l'exotisme qui pouvait tourner la tête d'une petite provinciale. En outre, il se comportait avec une amabilité charmante. Il l'avait invitée au buffet de la Gare de Kazanskaïa pour le lendemain et lui avait expliqué qu'il recrutait des ouvreuses pour un cinéma.

Ce serait un job excellent pour Elena.

Elle lança un coup d'œil à sa montre.

Il était presque trois heures.

Elle avait besoin de ce travail.

Ses maigres économies ne dureraient pas éternellement. Elle s'était décidée à faire le saut pour la capitale après avoir essuyé une déception amoureuse. Ses souvenirs l'entraînaient vers cet épisode assez déprimant de sa courte histoire quand Mischa traversa de son pas élastique la petite place vers elle. Aussitôt réjouie à sa vue, elle leva le bras pour lui signaler sa présence.

« J'ai de bonnes nouvelles, » lança-t-il dès qu'il fut à portée de voix.

Elena, prête à commencer sa première journée de travail s'asseyait derrière le comptoir du vestiaire. En fait, il s'agissait plutôt d'une soirée.

Mischa lui avait trouvé ce poste par l'intermédiaire de son patron. Il cherchait une fille supplémentaire pour sa boîte de nuit, Les Yeux noirs, sur la rue Nouvel Arbat.

Si Elena regrettait un peu de ne pas avoir la place d'ouvreuse de cinéma, cela avait été balayé par les conditions avantageuses qu'offrait Lena, le boss de Mischa. Elle avait une journée libre par semaine et elle ne commençait jamais avant vingt-deux heures. Cela revenait à dire que toutes ses soirées étaient pour elle. Elle serait rémunérée tous les jours à la fermeture à quatre heures du matin et elle partagerait les pourboires avec l'autre fille.

Sa tâche consistait à garder les manteaux et les affaires des clients et des clientes venus prendre du bon temps dans la boîte.

Si elle le désirait, elle pouvait manger ou boire autant qu'elle le voulait.

Elle devait uniquement payer les cigarettes. Etant une fumeuse occasionnelle, cela ne l'importunait aucunement.

Dès qu'il en avait la possibilité, Mischa se libérait pour faire un brin de causette avec elle.

Quant à l'autre fille du vestiaire, Olga, une grande rousse, elle était aux anges. Elle avait participé à un casting et elle avait été retenue pour le deuxième tour des auditions. On lui avait téléphoné et elle y allait le lendemain. Elena écoutait tout ouïe. Assurément, elle avait pris la bonne décision en optant pour Moscou. La chance lui souriait et la ville regorgeait d'opportunités à en croire sa collègue.

A la fermeture, Mischa vint chercher Elena et Olga pour recevoir l'argent de leur salaire. La boîte n'avait pas désempli et les clients avaient été généreux, offrant tournée sur tournée et laissant des pourboires princiers.

Lena Bourmenkov tenait à féliciter le personnel. Assis à une table près de la scène, deux femmes superbes l'entouraient de chaque côté. Il débita un ou deux compliments d'un air affable pour les deux préposées au vestiaire, les louant pour leur efficacité.

« Il faut peut-être que j'engage encore une hôtesse supplémentaire pour vous aider. Nous avons de plus en plus de monde. »

Sa remarque n'avait rien de drôle, mais elle fit glousser les deux filles accrochées à ses bras.

« Tiens, Mischa. Tu raccompagnes Elena, » fit-il en lui lançant des clés de voiture que celui-ci attrapa au vol. « Mais, buvons d'abord ensemble. » Ce disant, il souriait vers Olga en lorgnant sa jupe audacieusement courte.

« Asseyez-vous avec nous les filles. »

Quand tous furent installés, un garçon apporta des verres supplémentaires et un seau à glace immense avec un magnum de deux litres. Il en fit péter le bouchon provoquant piaillements et gloussements de la part de la gent féminine.

Lena racontait des anecdotes de soirées mémorables.

Les hommes et les femmes autour de lui s'amusaient de ses bons mots.

Elena manquait d'habitude. La tête lui tourna rapidement après deux coupes.

Elle voulut se lever pour aller se rafraîchir. Elle titubait un peu sur ses jambes, ce qui déchaîna les éclats de rire de l'assemblée.

Tant bien que mal, elle atteignit les toilettes et se passa de l'eau sur le visage. Elle se sourit vaillamment dans le miroir.

Mischa l'attendait dans le couloir. Il lui proposa de l'accompagner dehors. C'était une bonne idée, pensa-t-elle. La tête lui tournait de plus en plus. Les murs du corridor menaient une farandole échevelée avec le plafond. Elle avait peine à marcher. Sans l'aide de Mischa, elle se serait écroulée sur le dallage.

Une fois arrivée sur le parking, elle fut incapable de faire un pas de plus.

« Ce n'est rien, lui dit Mischa. Je te porte à la voiture. »

Elle se sentit enlevée dans les airs. Elle n'entendit même pas la portière s'ouvrir, ni qu'on la déposait sur la banquette.

Mischa sortit son téléphone de sa poche.

« C'est fait, dit-il.

– C'est bien. Laisse-la là et rentre. On s'en occupe, » lui répondit son correspondant.

Ce qu'il adviendrait de la fille n'était pas son affaire.

Lui, il était payé pour les attirer à la boîte et les mettre dans la voiture à la fin de la soirée. Généralement, la première qu'elles passaient au vestiaire.

Il les trouvait un peu partout. Dans les parcs l'été ; les gares, l'hiver.

Des ingénues qui, le plus souvent, venaient de la province ou des alentours de Moscou. Elles étaient sans ressources et cherchaient du travail. Il leur en promettait. Pas sa faute si la plupart d'entre elles ne tenaient pas l'alcool.

Pour se disculper, Mischa oubliait facilement que les filles étaient droguées dès leur premier verre. Combien en avait-il invité comme cela ? Des dizaines ? Plus ? Moins ? Il aurait été incapable de le dire. Il n'avait aucune comptabilité sur ce sujet. Ni sur aucun autre d'ailleurs. Il évitait soigneusement de s'impliquer dans leurs histoires. Il n'entamait jamais de relation intime avec elles. Tout juste s'il savait d'où elles venaient.

18.

Le baryton velouté de Gennady Grigorievitch Usanov retentissait près de son oreille.

Elena Obratsova aurait préféré ignorer son chef de rédaction lorsqu'elle avait vu son numéro s'afficher sur l'écran de son portable, mais elle avait appuyé par réflexe sur la touche pour prendre l'appel.

L'entretien avec Damien était filmé et les prises de Sergey grandement suffisantes. Ils se consacreraient ensemble au montage.

Le message de Gennady pouvait être important.

« J'écoute, dit-elle.

– Elena, j'ai besoin de toi et de Sergey. Il y a eu un accident avec un semi-remorque sur la route pas trop loin d'où vous êtes. Mes autres équipes sont occupées. »

Avant qu'Elena ne puisse protester, Gennady continuait :

« Je suis d'accord que cela n'est pas tout à fait de votre ressort, que vous faites cette émission sur le directeur de laboratoire, le français et sa femme, mais cet accident est un peu inhabituel, je crois. Toute la cargaison s'est répandue sur la chaussée et elle y est encore. De belles images en perspective, non ? Par ailleurs, il y a un des chauffeurs, le coéquipier ou le chef, ce n'est pas trop clair pour moi, qui est décédé, embouti par une Mitsubishi jaune, d'après ce que j'ai compris. Dis à Sergey que ce sera magnifique. Il peut se lâcher, on en fera un truc esthétique en diable. Une chose est tout de même surprenante et à creuser, ils ont envoyé la Crim' et la scientifique. Bizarre pour un camion renversé, non ? Tu ne trouves pas ? »

Ces questions étaient toutes rhétoriques, bien entendu.

La seule réponse d'Elena fut :

« D'accord, on y va. Passe-moi l'adresse exacte. »

Elena et Sergey discutaient de l'appel téléphonique de leur chef tout en se rendant sur les lieux de l'accident.

En arrivant, ce qui les frappa le plus, ce fut la rubalise en plastique pour délimiter la scène.

La neige tombée la nuit avait nimbé les environs d'une nappe lactescente qui, par endroit, dissimulait les objets.

Le camion couché sur le côté et sa bâche bleue, le ruban jaune et noir, les bosses des choux et des betteraves à demi enfouis sous la neige formaient un décor presque féérique à cet instant où le soleil s'enfonçait à l'horizon et étincelait de ses rayons rouges et ors sur la Mitsubishi citron.

Elena se positionna de façon à tirer le maximum d'effet dramatique des couleurs atmosphériques. Elle empoigna son micro.

« Un terrible accident est survenu en ce matin d'hiver. »

Une petite vieille avec son cabas noir se faufilait sous le ruban pour ramasser quelques légumes. Elle s'approcha de Sergey et le tira par la manche.

« C'est trop tard, mon garçon. Ils les ont déjà emportés.

– Les corps ?

– Sans doute ! La demoiselle et le chauffeur.

– Vous dites qu'il y avait une femme ?

– Ben oui, mon grand. C'est tout à fait ça. Et même qu'elle n'en avait pas beaucoup sur le dos, celle-là. Pas besoin d'avoir fait polytechnique pour deviner son occupation ni ce qu'elle faisait avec ces chauffeurs dans le camion.

– Vous l'avez vue ? demanda Elena.

– Comme je vous vois tous les deux, ma belle. Un homme dans la voiture jaune, là, y pleurait tout ce qu'il pouvait, car il avait tué le conducteur qui descendait de la cabine. L'autre, il est sorti après. L'était, c'est sûr, avec la fille à faire des choses. Allez, vous devriez faire comme moi et prendre des légumes pour la soupe. »

Sans prêter plus d'attention à Sergey et Elena, elle clopinait en remplissant son cabas. Elle repartit avec son chargement par où elle était venue.

« Tu en penses quoi de son histoire ? demanda Sergey.

– Une pute dans le camion... c'est possible.

– De toute manière, j'ai la vieille en boîte ! Ça peut servir.

– Oui, on va la mettre comme témoin sans commentaire de notre part. Ce sera plus fort. J'ai bien envie d'aller faire un tour à la morgue pour voir ce que l'on peut récolter. Et aussi jeter un œil sur le rapport de police.

– Vas-y. Je vais commencer à préparer le montage. »

19

Le nouveau bar de l'hôtel Intourist au quatrième étage venait d'ouvrir ses portes.

La décoration, tout en planches, avait de quoi surprendre.

Alors que tout Moscou construisait et rénovait ses cafés et restaurants à coups de plastique et de verre, l'Intourist avait opté pour un remplacement à l'aide d'écorces, de hêtre et de bois divers vernis.

Derrière le comptoir, un agrandissement surdimensionné d'une photo en couleurs représentait un coin de taïga qui se prolongeait sur les côtés en forêt somptueuse d'automne. Les bruns, les rouges et les ors s'accordaient merveilleusement bien avec les teintes du mobilier consistant en tables et chaises en bouleau. Sur chaque plateau, une lampe en forme de gros champignon distribuait sa lumière jaunâtre avec parcimonie.

Krikov aimait y venir déguster l'une des nombreuses vodkas de la carte. De plus, ils servaient des piroshkis, ces petits pâtés au chou et à la viande, qu'il affectionnait particulièrement.

Krikov était né de l'autre côté de l'Oural. Il n'avait pas de famille dans la capitale. La salle lui rappelait la stalovaya de son village, le restaurant communal où il avait passé bien des heures ensemble avec les habitants à l'occasion de fêtes et de commémorations.

L'homme à côté de lui commanda une vodka.

« Je peux vous en offrir une ? » demanda-t-il à Krikov avec un regard vers son verre vide.

Krikov, agréablement surpris, accepta de bon cœur avec deux mots simples :

« Avec plaisir. »

Le garçon remplit deux verres à ras bord comme il se doit.

« Na sdarovia » lancèrent-ils en chœur avant de boire une généreuse lampée.

« J'aime bien ce bar. Je m'y pose de temps en temps. La déco est simple et il n'y a jamais trop de monde à cette heure-là.

– C'est vrai, » répondit Krikov. « L'endroit est tranquille. Ils ont des bons piroshkis. »

Et il fit signe au garçon pour en commander une double portion.

"Vous allez voir. Ils sont délicieux.

– Vous devez être originaire de loin pour les apprécier tant que ça. Moi, je viens de Oulan-Oude !

– Vrai de vrai ? Alors, ça ! Je suis né à Akcha !

– Et vous êtes à vous perdre ici tout comme moi.

– Ivan Ivanovitch Bouriev.

– Oleg Aleksandrovitch Krikov. »

Les deux hommes se serrèrent la main avec enthousiasme.

« Eh bien, nous sommes pratiquement voisins.

– Oui. J'aime Moscou. Je vais certainement y rester. Il y a plus de possibilités et j'ai un ami qui habite la ville. D'ailleurs, vous le verrez dans un instant, il doit me rejoindre. »

Grande, blonde, la chevelure relevée en un échafaudage savamment construit de mèches folles qui tenaient plus de la pièce montée que de la coiffure, une femme, habillée d'une robe fourreau et perchée sur des talons qui cliquetaient sur le dallage, leur servit une assiette de petits pâtés en croûte. Tout un assortiment de farces dégageait un fumet prometteur.

Ivan ne se fit pas prier quand Krikov poussa le plat vers lui.

Krikov en prit un aussi.

Ils mâchèrent leur première bouchée en silence.

« Pas mauvais. Vous aviez raison, » complimenta Ivan comme si Krikov était le chef cuisinier. Celui-ci acquiesça d'un mouvement de tête avec un étirement des lèvres suggérant quelque chose comme « Je vous l'avais bien dit, » mais il se garda de proférer une seule parole.

Krikov aimait les gens et pour connaître leur histoire, il suffisait d'attendre leurs confidences. La meilleure façon de les inciter à parler était d'écouter ce qu'ils avaient à raconter.

Ivan ne dérogea pas à cette règle.

Tout en mastiquant avec plaisir les piroshkis, il se livra.

« Nous montions la garde, aux abords d'un village. A l'autre extrémité de la grande rue qui le traversait de part en part campaient les troupes de l'ONU. Tout se passait tranquillement pendant plusieurs semaines jusqu'à ce que nous devions aller près du pont. Le caporal nous emmena. C'était deux-trois arches de pierre qui enjambaient une rivière. De gros rochers émaillaient les berges de sable. Des roseaux, des arbustes, des saules poussaient sur la rive opposée. On voyait à une centaine de mètres les premières maisons à l'entrée du village. Le deuxième jour, à cause de la chaleur, nous décidâmes de nous baigner à l'aube après notre tour de garde. Vladimir trempa juste les pieds. Je crois qu'il ne savait pas nager. Alexandre, tout comme moi, enleva ses vêtements et se jeta à l'eau. Il la trouvait bien trop froide et il remonta rapidement sur la berge. Pour moi, elle était bonne. Je fis quelques brasses en le regardant se rhabiller et des balles sifflèrent autour de moi et ricochèrent sur un rocher en face du pont. Je plongeai pour m'abriter. Vladimir et Alexandre s'étaient mis à couvert derrière un des piliers.

Quand je ressortis la tête de l'eau pour reprendre haleine, un projectile me fracassa l'épaule. Ne pouvant plus nager pour rejoindre mes compagnons, j'étais coincé. La douleur me tétanisait. A peine si je pouvais faire du surplace. Pendant que Vladimir le couvrait, Alexandre vint m'extirper de ma position précaire. Il me ramena sain et sauf sur la rive. Vous voyez, entre nous c'est à la vie, à la mort. Je leur dois d'être ici maintenant. C'est utile d'avoir des gars sur qui compter, c'est moi qui vous le dis. »

Krikov acquiesça sans retenue à cette dernière remarque.

Ils trinquèrent à l'amitié après avoir à nouveau rempli leur verre.

20

Le parfum du désodorisant à la pomme de pin emplissait l'habitacle.

Elena Obratsova avait laissé Sergey partir pour le studio commencer le montage. Elle conduisait d'une main experte sa voiture, se glissant dans le flot des véhicules allant sur Moscou. Elle voulait approfondir cet accident, voir si elle pourrait peut-être se procurer une photo du cadavre sous le drap de la morgue. Cela faisait toujours sensation dans l'émission.

Le ronronnement du moteur stimulait ses pensées.

Elle devait tenter d'éclaircir l'histoire racontée par la petite vieille. Il y aurait donc eu une femme impliquée dans la catastrophe.

D'après la commère, elle aurait été habillée dans une tenue légère.

Surprenant que les journaux n'en aient pas plus parlé.

Y avait-il eu un rapport de police ?

Une main courante ?

Pourquoi aucune mention n'avait été faite de cette femme ?

Toutefois, comme elle avait pu le constater de ses yeux, l'endroit était bien délimité comme scène de crime.

Or un accident de la route l'était rarement.

Bien sûr, il arrivait qu'un véhicule léger se fasse éjecter de la chaussée plus ou moins malencontreusement par des voyous, mais il s'agissait soit de règlements de comptes soit d'un vol avec une voiture bélier. Dans ce cas, l'automobile visée était une berline, un coupé sport, voire même une camionnette.

A sa connaissance, jamais un semi-remorque chargé d'une cargaison de légumes n'avait été impliqué.

Elena trouvait étrange que la portion de l'asphalte soit encore sous protection policière une journée après que l'événement eut lieu.

Pour les accidents ordinaires, la route était dégagée le plus rapidement possible dès le constat établi, ce qui ne prenait pas longtemps.

Toute à ses pensées, Elena arriva près de l'entrée de l'institut médico-légal.

Elle manœuvra sa voiture sur le parking, descendit et actionna la fermeture automatique des portes.

Le vent du nord soufflait une bise froide.

L'air sentait la neige.

Ses talons cliquetaient au gré de ses pas sur le béton.

Elle ignorait comment aborder le sujet avec la directrice, le docteur Krougine. Et cela d'autant plus que cette dernière ne savait pas nécessairement d'où provenaient les corps qui lui étaient soumis. Cependant, si l'histoire de la babouchka était vraie, elle devrait pouvoir facilement reconnaître celui-là. Après tout, on ne devait pas lui apporter tous les jours des beautés en dessous aguichants.

Par ailleurs, cette anecdote lui rappelait vaguement un cas similaire survenu plusieurs mois auparavant. Une jeune femme sur les bords de la Moskova, si ses souvenirs étaient exacts.

Elle irait piocher aux archives du journal après sa visite au docteur.

Résolue, elle poussa la porte menant à la morgue.

Une odeur fade et lourde, où flottait un relent d'eau de Javel, l'enveloppa instantanément.

Elle parcourut le couloir, accompagnée du cliquettement de ses bottines sur le carrelage.

Elle désirait s'entretenir en premier lieu avec l'un des employés, ces derniers étant souvent plus enclins à fournir des détails.

La chance lui souriait.

Devant le comptoir de bienvenue, un jeune homme au visage ravagé par l'acné la regardait avancer, alerté par le crépitement de sa marche.

« Bonjour, que puis-je faire pour vous ? » furent les paroles conventionnelles avec lesquelles il l'accueillit.

Avant de lui répondre, Elena déboutonna sa veste et secoua sa belle crinière, comme toute personne s'ébrouant en venant du dehors.

La lampe sur le bureau jetait son ombre sur les murs.

L'effet escompté ne se fit pas attendre.

Le garçon eut presque le souffle coupé au spectacle offert à sa vue. Lui non plus ne pouvait pas résister au décolleté vertigineux de la présentatrice qu'il avait reconnue.

De sa voix la plus charmeuse, Elena entama la conversation.

« Je suis à la recherche d'une personne de sexe féminin apportée chez vous récemment. Elle était victime d'un accident de la route, du moins, elle se trouvait dans un camion renversé sur la chaussée après un choc entre deux véhicules. »

Elena choisissait ses mots avec soin pour impressionner le plus possible son interlocuteur.

Sa stratégie réussit.

« Tout à fait. Nous avons réceptionné une femme comme vous dites, dans la matinée d'hier. Elle a été déposée à l'institut en vue d'une autopsie.

– Une autopsie ? »

Elena joua la surprise.

« Oui. Elle ne serait pas décédée pendant la collision. Ni même dans le camion. Mais autre part. »

Pendant son laïus, tout en le regardant d'un air attentif, Elena avançait le buste et croisa ses bras sous ses seins, ce qui eut pour effet de les gonfler encore davantage.

Le garçon rougit, mais ne put détourner les yeux, obnubilé par les globes tendant le tissu du petit pull en mohair rose.

Le médaillon qu'Elena portait accroché à une chaîne d'or se nicha dans le creux entre les deux sphères.

« Serait-il possible de savoir comment cette pauvre femme était vêtue ? » demanda Elena.

Elle en profita pour, à l'aide de ses bras croisés, remonter un peu plus ses seins sous le nez du préposé.

Il louchait carrément tout en expliquant :

« Oh, elle avait un affublement étrange, une sorte de guêpière en dentelle, des bas en résille et des escarpins. Rien de plus. Pour la saison, un costume plutôt léger vous en conviendrez.

— Oh, vraiment ? » répondit Elena distraitement.

Jetant nonchalamment un œil sur le dossier, elle put lire l'espace vide à la place du nom.

Sa conclusion fut simple : cette femme n'était pas identifiée.

Elle voyait déjà le titre de son émission : La belle inconnue du camion !

Elle reporta son attention vers le jeune homme.

« Je suppose que ses affaires sont sous scellés...

– Pas du tout. Elles sont encore sur la table d'autopsie. On les a mises à sécher. Le docteur Krougine est partie. Elle doit revenir dans une heure ou deux.

– Oh, comme c'est dommage qu'elle ne soit pas là ! Je voulais faire une photo. »

– Mais, je peux vous aider, » s'empressa-t-il. « C'est pour votre émission ?

– Tout à fait. Si je peux prendre un cliché de la femme et un autre de ses vêtements, ce sera parfait. Je reviendrai plus tard avec mon caméraman pour filmer. Vous n'avez pas d'objection si vous apparaissez à l'image ? »

Le garçon totalement sous le charme de la star se trouvait incapable de refuser une telle offre. Etre avec son idole dans le même programme ! Il se voyait déjà regarder l'émission avec ses amis. Il l'enregistrerait, c'est sûr.

Quasi sur un nuage, il ouvrit la porte de la morgue.

L'odeur de désinfectant dissimulait avec difficulté le remugle fétide de la mort.

Elena fronça le nez de dégoût.

« Peut-être voulez-vous un masque ? » lui proposa le garçon.

« Ça ira, merci. »

Il lui montra les vêtements humides étalés sur la table en inox. Elena convint en son for intérieur de l'érotisme de l'accoutrement. La petite vieille avait raison à propos de la tenue.

Se dirigeant vers le mur du fond, le garçon tira un compartiment mortuaire où reposait la femme du camion.

La lumière blafarde et crue des néons balayait d'un reflet verdâtre les joues au-dessus du drap gris qui recouvrait le corps.

Elena ne perdit pas de temps en compassion mal placée et prit plusieurs clichés sous différents angles avec son téléphone. La séance de photos macabre une fois terminée, elle envoya du bout des doigts un baiser à son complice et s'éclipsa rapidement.

De retour aux studios, elle fit part de sa trouvaille à Sergey et lui remit son portable pour télécharger les images.

« Bon travail ! On pourra les incorporer au montage, » fut le commentaire de ce dernier.

21

Des lourdeurs dans la tête l'empêchaient de réfléchir.

Tout était diffus alentour. Etait-ce la neige ? Ses mains aux ongles carmin tranchaient sur un tissu blanc. Elle ne se rappelait pas s'être fait une manucure. En outre, elle préférait de manière générale, les tons neutres voire le vernis transparent.

Où était-elle ?

Une infirmière s'était penchée sur elle. Elle revoyait son sourire qui se voulait tranquillisant.

« Tout va bien. Ne vous inquiétez pas. Reposez-vous. Vous avez eu un malaise. »

Marina ne se souvenait plus de rien.

Elle était à l'hôpital.

Une lumière bleutée filtrait au travers de ses cils, mais elle se sentait incapable d'ouvrir les yeux.

Elle se rendormit.

Dans le couloir, Arkady Nikolaevitch Gloushkov l'examinait. A son côté, Ptior Pavolvitch Borkine, son assistant, lui tendit un dossier.

« Elle réagit très bien. Elle n'a aucun souvenir de ce qui s'est passé. Apparemment, elle ne semble pas inquiète non plus.

– Très bien. Allons voir les autres. »

Un peu plus loin le long du corridor, ils observèrent au travers de la vitre une petite brunette.

« Eva Petrovna, » lut Arkady Nikolaevitch Gloushkov sur la pancarte accrochée à la porte. « Jolie frimousse. Pas de complications ?

– Aucune, l'assura Borkine.

– Et la troisième, la grande rousse ?

– Même chose. Toutes les trois se portent à merveille. Quelques heures et elles pourront se réveiller complètement.

– Bien, bien. Allons tenir compagnie à notre visiteur.

– Devons-nous les mettre en tenue ? » s'informa Borkine.

« Oui, s'il vous plaît. Ainsi, elles s'habitueront sans attendre. Les essais se feront ce soir. Mais, ne traitez pas encore celle-là. Pour elle, ce sera plus tard, probablement demain. »

Borkine notait scrupuleusement dans son calepin les ordres de Gloushkov. Il voulait s'assurer de ne rien omettre. Il regrettait que la blonde soit réservée pour le lendemain. Il serait en congé. La rousse et la brunette n'étaient pas mal non plus. Il devrait s'en contenter.

22

Ali Ben Surli et Mourak Bachir étaient cousins du côté de leur mère. Ils étaient aussi frères par leur père qui avait épousé deux sœurs.

Leur situation familiale n'avait rien de sensationnel, leur géniteur avait trente-deux conjointes.

Eux-mêmes envisageaient de suivre ses traces.

Ali Ben Surli, un homme au profil aquilin, de stature fine presque efféminée, en était à sa sixième compagne. En réalité, il en avait quatre officielles comme le préconisait le Livre. Les vingt-huit femmes de son harem, toutes plus jolies les unes que les autres, étaient des concubines comme le lui autorisait la loi coranique selon l'imam de sa mosquée. Elles occupaient des fonctions les plus variées dans sa demeure. Servantes pour la plupart avec des qualifications diverses.

Il les recrutait dans les villages au cours de promenades qui avaient toutes les caractéristiques de raids guerriers. Parfois, il les achetait à leurs parents ; le plus souvent, il se contentait de les désigner à son aide de camp qui venait plus tard effectuer les transactions nécessaires.

Une fois, le désir avait été si intense qu'il avait dû se soulager immédiatement. Il avait consommé son acquisition sur-le-champ dans la maison de la belle.

Elle avait treize ans et déjà un corps formé.

Les parents n'avaient pas osé protester, mais ils avaient refusé l'argent.

Ali Ben Surli s'en moquait.

Il avait eu ce qu'il voulait.

Mourak Bachir, de carrure plus costaud, possédait lui aussi une habitation remplie de tantes, de nièces, de sœurs. Certaines comme épouses, belles-mères ; d'autres au service de la maisonnée. Toutes pour son bon plaisir.

Fréquemment, les deux cousins partaient ensemble pour des randonnées de chasse ou bien pour les courses de chameaux ou de lévriers. Les frères avaient trois passions : les chameaux, les chiens et les femmes. Probablement, dans cet ordre-là.

C'était la deuxième fois qu'ils participaient à une fête de Mikhaïl Yegourine.

La première les avait un peu déçus.

On leur avait présenté des beautés soumises.

Le résultat manquait de piquant.

Leur immense fortune leur permettait de s'offrir toutes les escorts du monde. En outre, les femmes de leur maison se pliaient à tous leurs caprices. Question docilité, ils étaient largement servis.

Leur requête avait été simple.

Aujourd'hui, ils convoitaient des non-professionnelles et, de préférence, des filles ignorantes du sort qui leur était réservé.

Mikhaïl Yegourine accédait toujours aux souhaits de ses invités. Il leur suffisait de transmettre une mallette un peu plus volumineuse, voilà tout. Celle remise la veille par les cousins pourvoirait amplement aux frais occasionnés. La petite ramenée par Lena et Sergey avait les atouts indispensables pour leur plaire.

Lena Bourmenkov et Sergey Malchiev, deux hommes de main de Yegourine, étaient spécialisés dans le kidnapping et les disparitions de personnes indésirables.

Leur silhouette élégante et sobre leur ouvrait toutes les portes. Bien qu'encore jeunes – ils cumulaient moins de cinquante ans à eux deux – ils ne s'encombraient jamais d'aucun scrupule et savaient faire montre de fermeté allant jusqu'à la cruauté si nécessaire. La compassion ne faisait pas partie de leur profil psychologique.

Leur travail consistait à écumer les discothèques des villes, à repérer puis kidnapper des filles appétissantes. Toujours d'une grande beauté, leur attrait principal était composé d'une paire de seins volumineux pour la plupart.

Ils les cernaient, puis les emmenait inconscientes dans l'une des villas isolées appartenant à Yegourine. Là, une gouvernante les préparait.

A l'aide de phénobarbital et d'atropine, elles étaient rendues soumises et avec quelques injections de lidocaïne et d'épinéphrine, prêtes à fonctionner, selon la formule employée.

La gouvernante les tenait en forme physique. Elle les nourrissait et leur faisait faire des promenades dans le parc. Avec des bains et des onguents, elle traitait leur peau, leur chevelure.

Les prisonnières se pensaient uniques.

Elles ignoraient les multiples kidnappings et le nombre de pensionnaires dans des villas différentes au demeurant assez nombreuses.

Une des tâches de la duègne était de leur faire croire à une rançon demandée pour leur libération. Dès que celle-ci serait payée, la fille pourrait repartir. En attendant, elles profitaient de la vie tranquille dans une chambre luxueuse avec une femme aux petits soins pour elles. Que la fenêtre ait des barreaux et que la porte soit fermée à clé, elles le comprenaient. Tout le monde savait en Russie que les kidnappings étaient monnaie courante.

Elena Vladova était contente de son sort.

Quelle histoire elle aurait à raconter aux copines une fois relâchée !

Une gouvernante rien que pour elle !

Ses vêtements de la discothèque avaient fait place à une garde-robe tout droit sortie de

Cosmopolitain avec des chaussures neuves. Elle avait autant de magazines qu'elle pouvait en lire et des DVD à foison.

La salle de bains contenait plus de crèmes et de shampoings différents qu'une étagère d'esthéticienne.

C'est donc un peu à regret qu'elle apprit son départ prévu pour la rapatrier chez elle dans la soirée.

Le moment venu, la gouvernante lui remit ses vêtements et un léger manteau, ceux qu'elle portait la semaine passée en discothèque, avec en plus, une petite cagoule noire opaque.

Elle devait ignorer l'endroit où elle avait été retenue prisonnière.

Elena monta dans une voiture qui sentait bon le cuir neuf. Les coussins moelleux et confortables épousaient ses formes.

Deux hommes, invisibles pour elle, prirent place auprès d'elle sur la banquette arrière.

Un de chaque côté.

L'automobile s'ébranla en douceur.

Après un trajet qui lui sembla assez court, ils l'aidèrent à descendre du véhicule, escalader quelques marches en la soutenant par les coudes et à s'asseoir. Une odeur de fumée lui frôlait les naseaux.

« Un feu de cheminée » pensa-t-elle.

Rendue confiante par la semaine passée avec la gouvernante, Elena ne ressentait aucune appréhension bien qu'elle eut aimé se défaire du capuchon pour regarder autour d'elle. Mais, elle devait le garder.

Elena fronça le nez. Un parfum indéfinissable lui picota les narines et lui coupa la respiration.

Avant de pouvoir se libérer de la cagoule pour avoir plus d'air, elle perdit conscience.

Deux bras l'attrapèrent sous les aisselles et la transportèrent dans un salon attenant. Ils l'allongèrent sur un sofa et lui retirèrent son manteau. Une main gourmande en profita pour lui palper les seins et remonta sa jupe en lui pliant le genou dans une attitude lascive dévoilant son entrejambe.

Une fois qu'elle fut installée dans cette position, l'homme sortit de la pièce et referma la porte derrière lui.

« C'est fait ? », demanda l'autre.

« Oui, elle est prête. »

Sur le divan, Elena reprenait lentement ses esprits.

Elle tourna la tête sur le côté. Deux inconnus l'observaient le visage inexpressif.

Ses idées étaient encore trop embrouillées pour qu'elle eût conscience de sa position offerte sur la couche.

Un des individus s'approcha et tendit la main vers ses cuisses.

Embrumée, elle ne comprit son intention que lorsque les doigts écartèrent l'élastique de son string pour se faufiler contre son aine et se saisir de son intimité entre ses lèvres. Elle eut un mouvement de recul, mais il riait et ne la lâchait pas. La pinçant violemment, il l'obligea à rester en place. De sa main libre, il pesait sur son genou pour élargir encore plus l'angle de ses cuisses.

Sa jupe remontait maintenant à sa taille.

Elle se sentit tout à coup indécente. Elle essaya de rabattre le tissu sans succès, les bras de l'homme l'en empêchaient. Elle vit l'autre individu ouvrir sa braguette et avancer vers eux.

Elle voulut crier, mais sa gorge refusa d'émettre plus qu'une plainte.

« Oui. Vas-y, défends-toi, » dit le premier d'une voix douce, presque efféminée. « Appelle ! »

Il la maintenait fermement clouée sur le siège où il avait pris place en lui coinçant une cuisse contre le dossier et l'autre sous sa jambe à lui.

La peur s'empara d'elle. Prise de panique, elle n'osait plus ni crier ni bouger.

Il lui était impossible de comprendre ce qui lui arrivait. L'homme debout, sa braguette ouverte, exhibait un engin dont la taille lui faisait horreur et l'effrayait. La tête violacée grossissait à vue d'œil et se dressait tel un être indépendant, un serpent avide et maléfique qui vint lui frôler la joue. Il s'amusa à lui caresser les lèvres de son gland énorme, puis les paupières. Il le mit contre son oreille et fit mine de vouloir entrer par là.

Affolée, Elena roulait les yeux de l'un à l'autre.

Elle sentit des griffes dans ses cheveux qui descendaient le long de sa nuque, s'attardaient sur ses épaules pour s'enfouir sur sa peau nue et lui pétrir les seins. Des paumes fouillaient son bas-ventre, un doigt s'insérait avec brutalité dans sa cavité humide. La douleur la fit hurler. Un long cri rauque de bête prise au piège.

Un éclat de rire double lui répondit.

Les deux mains lâchèrent ses mamelles, sortirent de sa robe.

Elle aurait ressenti quelque soulagement si ses lèvres intimes n'avaient été malaxées si violemment.

« Regarde. »

L'homme, à nouveau dans son champ de vision, tenait à la main une dague à la pointe effilée.

Elena se mit à trembler.

L'acier caressait ses joues, suivait la ligne de son cou, appuyait du plat sur la naissance des mamelons.

D'un coup brusque, sa robe se déchira.

Le métal s'inséra contre ses épaules et coupa rudement les bretelles de son soutien-gorge, puis les bonnets se fendirent en deux sous la pression et ses seins se retrouvèrent à l'air libre.

Après avoir décousu sa jupe qui s'affaissa de chaque côté de ses hanches, la lame s'en prit au string et le déchiqueta. L'homme l'exhiba un instant à la pointe de la dague avant de le faire tournoyer et l'éjecter dans un coin de la pièce.

L'autre, celui qui la tenait prisonnière par son intimité avait entre-temps ouvert sa braguette sans qu'elle s'en aperçoive. Il lui rabattit les cuisses sur le ventre et il s'enfonça en elle avec force, d'un seul coup.

Elena crut être déchirée tant la douleur fut intense.

Elle essaya de se dégager, mais ses poignets attachés ne lui en laissaient pas la possibilité. Elle avait compris que hurler ne servirait à rien, mais quand la lame perça le bout de son sein droit et fit perler une goutte de sang sur l'aréole, elle émit un long cri d'horreur à en perdre la voix.

L'homme se retira d'elle et d'un violent mouvement de reins, la prit là où elle était encore vierge.

La fulgurance de la douleur la rendit muette. Elle sentit une corde autour de ses chevilles et ses jambes repliées étaient tirées.

Elle ne pouvait plus bouger d'un seul millimètre.

Le poids de son tortionnaire pesait de plus en plus à chaque coup de boutoir qu'il lui assénait en ahanant.

Il la pilonnait avec sauvagerie.

« Vas-y toi, maintenant. Continue. »

Il se dégagea et laissa la place à son compagnon. Mais au lieu de se ruer en elle, celui-ci prit la dague et en promena le tranchant sur la fente et le bouton. Il appuyait le plat de l'acier sur sa peau et jouissait de voir la terreur assombrir les yeux d'Elena.

La lame explorait ses cuisses, son ventre et revenait inexorablement vers le creux humide de son fruit intime écartelé.

De la pointe, il racla un peu de liquide et le lui étala sur les lèvres.

« Lèche, » ordonna-t-il.

Comme elle hésitait, il la piqua dans le sein gauche.

Elle hurla.

L'un d'eux, elle ne vit pas lequel, la gifla à la volée.

Ils la soulevèrent, mirent un épais coussin sous son dos.

Sa tête ballotait dans le vide.

« Ouvre la bouche, » lui intima l'homme derrière elle.

Il enfourna son engin profondément dans sa gorge jusqu'à l'étouffer.

Elle eut un haut-le-cœur.

Il lui asséna un coup de poing sur le visage. Les os de son nez craquèrent.

« Quoi ? Je te dégoûte petite ? »

Il lui plaqua crûment la joue contre son bas-ventre.

Elle suffoquait dans son sang.

C'est ce qu'il voulait.

Il griffait les seins, les tordait et les aplatissait à tour de rôle.

L'autre la sodomisait de toutes ses forces, tailladait des arabesques sur son pubis et son intimité au gré de ses ruades démentes.

Les deux hommes se regardaient dans les yeux.

D'un dernier assaut, ils l'inondèrent en poussant un cri sauvage alors que la dague s'enfonçait au plus profond de l'écrin asséché de souffrance où suintait le sang.

23

Derrière le miroir sans tain, Lena Bourmenkov et Sergey Malchiev avaient suivi la scène du début à la fin.

Les nombreuses caméras dissimulées dans le salon avaient fixé les ébats des deux cousins sur pellicule. Un microphone s'était chargé d'enregistré la bande audio. L'appareillage était sophistiqué et la pièce insonorisée comportait une douzaine d'écrans avec une table de mixage dernier cri.

De l'autre côté de la paroi, les deux frères rajustaient leur tenue.

Sans prêter attention au corps sans vie allongé sur le divan maculé d'une large tache grenat, Ali Ben Surli se dirigea vers le mini bar et servit deux généreuses rasades de whisky dans des verres de cristal. Les deux cousins burent en silence les yeux dans les yeux.

Un léger sourire flottait sur leurs lèvres quand ils quittèrent la pièce.

Lena Bourmenkov et Sergey Malchiev arrêtèrent l'enregistrement. Le spectacle avait pris fin. Il était en boîte. Le montage serait délégué à un technicien. Leur travail était terminé de ce côté-là. Leur boss, Mikhaïl Yegourine serait satisfait.

Il ne leur restait plus qu'à s'occuper du corps et le faire disparaître de la maison selon un plan établi d'avance.

Dans ces affaires, rien n'était laissé au hasard.

Ils emballèrent le cadavre d'Elena Vladova dans une bâche de plastique noir ; ses vêtements déchirés dans un sac et descendirent le tout au sous-sol dans le coffre d'une des voitures.

24.

Quelque chose lui disait de se lever. Bien que la tête lourde, elle remarqua l'accoutrement bizarre qui était le sien.

Une guêpière rouge et noire en dentelle qui se laçait sur le devant avait bien des difficultés à contenir ses seins.

Elle essaya de la remonter, mais peine perdue. Le corset, trop court, dénudait le bas de son corps.

Des bas en résille soutenus à l'aide de jarretières élastiques enrobaient ses cuisses.

Elle vit ses pieds chaussés d'escarpins vermillon.

Elle sentit plus qu'elle ne pensa qu'elle devait sortir de cette chambre.

Que faisait-elle ici ?

Il lui avait semblé que des mains la palpaient, mais regardant autour d'elle, elle ne vit personne dans la pièce.

Pourquoi portait-elle cette tenue ?

Elle avait mal derrière le front, une grosse migraine lancinante.

Pourrait-elle se lever ?

Avec précaution, elle passa ses jambes sur le rebord du matelas et s'assit.

Des étoiles noires tourbillonnaient sous ses paupières. Elles se stabilisèrent rapidement et lui rendirent la vue. Elle attendit un moment, puis saisit le montant du lit pour se mettre debout. La tête ne lui tournait plus.

Elle s'approcha de la fenêtre et constata avec joie que la pièce se trouvait au rez-de-chaussée. La couche de neige étalée sous ses yeux tempéra un tant soit peu son enthousiasme.

Devait-elle ouvrir la croisée et enjamber l'appui ?

Partir tout de suite sans savoir où elle irait ?

Où était-elle ?

Toujours à Moscou ?

Petit à petit la mémoire lui revenait, mais les images étaient imprécises.

Elle voyait une infirmière lui disant de se reposer après qu'elle ait eu un étourdissement.

Un malaise ?

Où ?

Elle ne pouvait s'en souvenir.

Elle contempla une fois de plus son costume. Elle ne se rappelait pas avoir mis cette tenue et encore moins de l'avoir achetée.

Elle agrippa la poignée de la fenêtre. La crémone tourna sans problème. Aussitôt, un air glacial lui souffla au visage. Elle se pencha à l'extérieur.

Des carrés de lumières provenant d'autres ouvertures se reflétaient sur la blancheur de la neige.

Elle ne remarqua pas de portes.

Devant elle, un bosquet croulait sous le tapis crémeux.

Des voix se manifestèrent dans le couloir. Des pas se rapprochaient.

Paniquée, Marina repoussa le vantail au maximum et se jeta sur son lit prétendant dormir.

« Non, celle-là, c'est pour le matin, » entendit-elle prononcer distinctement.

Les pas s'éloignèrent. Le sang lui battait aux tempes et ses oreilles bourdonnaient sourdement. Elle écouta le silence revenir. Les lumières s'éteignirent.

A l'affût du moindre bruit, elle épiait l'obscurité de tous ses sens.

Sa décision était prise.

C'était maintenant !

Elle ne voulait pas attendre le lendemain et connaître le sort qui lui serait réservé.

Elle se leva d'un bond, s'entortilla dans son drap et sa couverture.

Elle ouvrit la fenêtre en grand et se faufila à l'extérieur.

Elle se mit à courir et se dissimula à l'abri du bosquet.

Bientôt le bâtiment fut invisible, caché derrière les arbres et le rideau des flocons qui recommençaient à tomber.

Elle se dirigea du côté opposé.

Elle pensa quitter ses escarpins qui entravaient sa course, mais se ravisa. Ses pieds déjà glacés gèleraient encore plus. Elle se hâtait droit devant elle parmi les sapins enfouis sous la neige.

Là-bas au loin, se profilaient les lumières d'un immeuble entre les branches alourdies.

Le bruit de la circulation lui parvint étouffé.

Elle s'épuisait.

Ses pieds écorchés la martyrisaient.

Elle trébucha une fois.

S'affala dans un amas de feuilles séchées.

Elle se releva péniblement.

Le drap, trempé, la gênait dans ses mouvements. Elle s'en défit.

Courut encore.

Harassée, elle se blottit contre un talus pour reprendre souffle. La neige lui fit un manteau. Elle luttait contre ses paupières qui se fermaient. Le froid gagnait ses membres. Endolorie, elle s'écroula de sommeil.

L'aube hiémale projetait sa lueur laiteuse sur les congères bleutées.

La fosse de quatre mètres de diamètre affichait une profondeur d'environ un mètre. Sur ses parois, légèrement inclinées vers l'extérieur, une mosaïque blanc et vert clair formait un dessin toute en camaïeux imitant des vagues ou des nuages. Dans un angle, un escalier de quelques marches descendait en éventail. Tout autour, des tables accueillaient des bouteilles de champagne dans des seaux de glace. Des verres de cristal brasillaient sous les guirlandes multicolores.

Au fond, sur le carrelage glissant, luttaient pour leur vie deux jeunes femmes.

Tous les coups étaient permis.

L'une portait une longue robe étroite de teinte vermillon qui moulait ses formes resplendissantes. Quand sa jupe se soulevait, les spectateurs apercevaient ses mollets fins et déliés à la peau dorée. Ses cheveux auburn virevoltaient autour de ses tempes et cascadaient des épaules aux hanches en boucles lustrées. A quatre pattes, elle tenait par la cheville son adversaire qu'elle venait de faire trébucher.

Cette dernière se trémoussait pour se dépêtrer.

Sa tunique sombre s'entortillait contre ses flancs libérant des longues jambes gainées de fibre fumée.

Par un sursaut brutal, elle parvint à arracher son pied de l'emprise et se retourna d'un coup de rein. Sa robe se déchira en un chuintement soyeux dévoilant le volume enchanteur de ses seins.

La brune s'empara du pan de tissu à deux mains, le tira et termina de dépouiller la rousse qui ainsi vêtue de ses seuls bas noirs arborait une plastique pulpeuse.

Elle se releva d'une cabriole qui surprit son adversaire.

Les encouragements fusaient de part et d'autre de la fosse. De nouveaux paris étaient pris. Le retournement de situation dans l'arène excitait les invités. Certains se levaient en hurlant pour mieux marquer leur soutien à leur favorite. Des rails de coke circulaient sur des plaques de verre portées par des soubrettes nues. Les nez se poudraient et les reniflements se mêlaient aux bravos.

La rousse se tenait droite, guettant le moment où elle pourrait se saisir de son ennemie.

La plus petite des deux voulut forcer son avantage et oublia de garder ses distances.

L'autre se rua sur elle et lui assena un coup de pied dans le tibia. Son talon effilé s'enfonça dans la chair avec un bruit mou. La brune suffoqua de douleur. La rouquine ne la laissa pas reprendre son souffle. Elle en profita pour lui agripper les cheveux et la ramener vers elle. Relevant son genou, elle l'assomma à demi d'un coup sur le visage.

On entendit les os du nez craquer.

Le sang s'étoilait en grosses gouttes sur la faïence claire.

La brune se couvrait la face de ses mains.

La rousse saisit son escarpin qui traînait par terre. Avec une nonchalance calculée, elle le remit à son pied. Ainsi campée, nue sur ses deux talons, elle fit admirer sa cambrure et l'orgueil de ses seins. Elle était la championne incontestée du combat.

Impudique et fière, elle monta les marches sous les applaudissements, sortit de l'arène sans un regard en arrière et laissa la vaincue ravaler sa défaite.

Chapitre III

26

De rares voitures passaient sur la chaussée. Leurs pneus s'enfonçaient et traçaient des sillons dans la bouillasse grisâtre.

Une odeur de bois brûlé et de mazout flottait dans l'air froid que les rayons timides d'un soleil d'hiver oubliaient de réchauffer.

Dans ce matin naissant, les enfants s'affairaient avec application à la construction d'un fort en bonne voie de réalisation.

Une congère de plus d'un mètre de hauteur tenait lieu de tour de garde. La neige, tassée par leurs piétinements, s'était transformée en glace, une surface plane sur laquelle ils amassaient des blocs constitués à grand renfort de coups de pelle.

Les plus petits, emmitouflés dans leur parka multicolore, contribuaient à l'édifice. Ils posaient des boules sur le mur déjà érigé. En les empilant selon les directives d'un garçon plus âgé, ils réalisaient ainsi des créneaux du plus bel effet.

« Et là, on fera des meurtrières, » annonça celui qui semblait être le maître d'œuvre, un gaillard d'une douzaine d'années avec un bonnet bleu et blanc.

Les petits puisaient sans discontinuer dans la neige encore molle quand l'un d'eux appela son grand frère :

« Là ! » montra-t-il du doigt. « Elle a oublié sa chaussure. »

Dans la pureté irisée, un escarpin rouge vif pointait vers le ciel.

« Regardez les mecs, » lança l'aîné en essayant d'extirper le soulier.

Son cri se transforma en un oh de stupéfaction lorsqu'apparut le pied et la jambe qui le prolongeait.

Tous se massèrent autour de l'étrange découverte.

« La reine des neiges, » murmura l'un d'eux.

« On doit la libérer.

– Tu crois qu'elle vit encore ? » s'enquit un des gamins.

– Je ne sais pas, » répondit le grand frère.

Il commença à creuser avec ses mains.

« Arrête, commanda le bonnet bleu et blanc. Elle est peut-être morte.

– Oui, mais si elle ne l'est pas, il faut la sortir de là, » argumenta le premier.

Sans plus attendre, il continua de déblayer, bientôt imité par les autres. Les petits comme les plus âgés, tous se lançaient dans le sauvetage.

Une dizaine de minutes plus tard, ils avaient dégagé le corps d'une femme habillée d'une guêpière rouge et noire en dentelle. Ses bras nus étaient livides. Ses cheveux, mouillés par la neige, lui collaient sur les joues. Ils dissimulaient son visage.

Maintenant qu'elle était presque entièrement visible, les enfants ne savaient pas trop quoi faire.

Ils furent tirés d'embarras par le Général qui venait dans leur direction.

Pour tout dire, le Général n'était en rien un officier. On le nommait ainsi, car il sortait toujours faire sa promenade matinale le poitrail parsemé de ses médailles militaires. Il avait survécu à plusieurs guerres. Personne ne prenait la peine de se rappeler lesquelles, mais son air martial et ses décorations lui avaient valu ce surnom. Surnom qui, par ailleurs, lui plaisait et dont il ne s'était jamais offusqué, bien au contraire.

La première chose qui le frappa fut le sérieux et le silence du groupe d'enfants d'habitude si bruyants rassemblés autour de la congère. Quand il ne fut plus qu'à deux mètres d'eux, les gosses s'écartèrent pour le laisser passer.

Le Général avait vu beaucoup de ses camarades tués au combat. Il savait reconnaître un cadavre quand il en avait un devant lui.

Un coup d'œil lui suffit pour conclure que si la jeune femme avait l'air plus que mal en point, elle n'en était pas morte pour autant.

« Va chercher ton frère, » commanda-t-il d'une voix sans réplique à l'un des garçons.

« Et toi, va téléphoner aux secours. Toi, va chercher la milice au carrefour, » dit-il à deux autres.

Les quatre adolescents s'exécutèrent sur-le-champ.

Le Général s'agenouilla près du corps, lui prit délicatement la main et apposa ses doigts sur l'intérieur du poignet.

« Hum, » dit-il.

Puis, il mit son majeur et son index sur le cou de la jeune femme.

« Elle vit encore, » soupira-t-il.

Sergey revenait avec son grand frère Yaroslav.

« Aide-moi, dit le Général. Il faut la sortir de là. Va chercher des couvertures. »

Déjà une babouchka apportait un boutis en ouatine qu'elle étala par terre. Le Général et Yaroslav prirent doucement la rescapée et la déposèrent sur le duvet qu'ils ramenèrent sur elle.

Ils avaient résolu le dilemme en silence. S'ils ne la déplaçaient pas, elle mourrait de toute façon. Elle était glacée. En revanche, le transbahutement pouvait occasionner une lésion interne.

C'était le risque à courir.

Sans qu'il fût besoin de donner des ordres, les secours s'organisaient autour du corps. Une des locataires de l'immeuble, la mère de Sergey et Yaroslav, amenait une bouillotte chaude.

« Il faut la porter à l'intérieur », dit-elle.

Les deux femmes, le Général et Yaroslav prirent chacun un des coins de la couverture et la transportèrent sur le brancard improvisé leur précieux fardeau vers la cage de leur escalier.

Le petit Andreï psalmodiait doucement :

« Elle est belle la reine des neiges. Elle est belle la reine des neiges. »

Au loin, une sirène retentit, annonçant l'arrivée des secours.

27

Alexandre Vladimirovitch Ossipov regardait d'un œil maussade la couverture de nuages sous l'aile de l'avion. Le soleil teintait d'or le métal blanc.

Ossipov hésitait constamment entre prendre le siège à côté du hublot ou celui près de la travée.

Maintenant qu'il voulait aller soulager sa vessie avant l'atterrissage imminent, il regrettait de ne pas être à la place de la grosse femme sur le fauteuil de l'autre côté. Le dilemme était toujours le même. Il fallait choisir : être ennuyé ou bien déranger quelqu'un. Au regard du somme dont il avait pu jouir toute la durée du trajet, il décida préférable d'incommoder ses voisins plutôt que le contraire.

Il s'excusa auprès de la dame obèse qui le fusilla d'un air revêche, mais n'osa rien dire. Ses yeux et sa moue réprobatrice parlaient avec éloquence pour elle. Ossipov n'en avait cure et, en se contorsionnant, il l'enjamba non sans la maudire intérieurement de ne pas se lever pour lui livrer passage. Il se vengea en écrasant son sac en simili cuir vert imitation croco de sa pointure quarante-cinq. Il ignorait ce qu'elle trimbalait, mais, pensa-t-il avec un brin de mesquinerie, ce serait en piteux état après avoir été piétiné de la sorte.

La femme ne s'aperçut de rien et se contenta de ramener, les lèvres pincées, son châle sur ses épaules.

En sortant des toilettes, Ossipov avisa une place inoccupée qu'il s'empressa de réquisitionner sur-le-champ. Pourquoi diable l'hôtesse lui avait-elle collé la compagnie de cette mégère quand toute une travée était libre au fond de la carlingue ?

Alexandre Vladimirovitch Ossipov était un homme d'affaires d'Irkoutsk. Il visitait plusieurs fois par an la capitale pour discuter du prix du litre de vodka distillée clandestinement dans son usine sur les rives du Baïkal. L'eau du lac, la plus grande réserve d'eau douce de la planète, était en tous points la meilleure qui soit pour la fabrication.

Il avait construit son entreprise à la pointe nord-est des berges, un endroit peuplé majoritairement par les ours, les rennes et les oiseaux.

Personne ne venait le déranger là et la milice s'y aventurait rarement.

L'avion entama la descente. Quelques minutes plus tard, les roues prenaient contact avec le tarmac. Ossipov soupira de soulagement : il avait horreur de voler. Chaque atterrissage égalait une véritable libération.

Dans le hall d'arrivée, il repéra Mischa Borlov lui faisant de grands signes du bras. Ossipov le trouva un peu ridicule. Il n'y avait pas foule et le mètre quatre-vingt-quinze de Borlov émergerait de n'importe quelle cohue, aussi compacte fût-elle.

Mischa Borlov était un acolyte de Mikhaïl Yegourine et il avait toute latitude pour traiter avec Ossipov.

En quelques années, les deux hommes avaient appris à se connaître et s'apprécier mutuellement. Pour l'un comme pour l'autre, la parole donnée et respectée était précieuse. Tous les deux anciens militaires, ils en savaient la valeur.

Mischa gara la Toyota, une marque japonaise de facture récente, devant l'entrée de l'hôtel Moskva et jeta les clefs au voiturier en descendant. Il accompagna Alexandre jusqu'à l'appartement réservé. Une suite avec un salon aux fauteuils profonds autour d'une table en verre en face d'un sofa Chesterfield en cuir beige et un coin bureau avec connexion wifi séparés de la chambre à coucher par une double porte vitrée. La salle de bains offrait un luxe discret toute en marbre gris et noir avec des parois en miroir. Au pied du lit, une console permettait de faire surgir un écran plat de télévision de dimensions astronomiques.

« Tu restes quelques jours à Moscou ? » interrogea Mischa confortablement assis sur le divan avec une mignonnette de vodka prise dans le mini bar.

« Oui. J'ai des copains que je veux voir. Nous allons passer la soirée ensemble.

– Si plus tard tu es libre, j'ai un message pour toi.

– Quel genre ?

– Le patron organise une fête en petit comité. Il m'a demandé de t'inviter. Il y aura des filles.

– Ben, c'est clair qu'une fête sans filles ne serait pas une fête ! » s'esclaffa Alexandre.

« Oui, mais ce sont des nanas un peu spéciales.

– Comment ça ? Qu'est-ce que tu veux dire ?

– De celles qui sont aux petits soins pour les mecs et elles acceptent tout ce que tu désires qu'elles fassent.

– Carrément tout ? »

Alexandre était déjà excité à cette idée. Mischa qui connaissait ses goûts en la matière souriait.

« Vraiment tout ce que tu imagineras.

– C'est con, j'ai dit à mes amis que je sortirai dans la soirée avec eux.

– Tu n'as qu'à les amener.

– Sans déconner ?

– Ouais. Mikhaïl sera d'accord. Laisse-moi lui passer un coup de fil. »

Alexandre posait ses affaires dans la salle de bains.

Mischa parla brièvement au téléphone.

« Pas de problème. Tu peux venir avec tes potes. »

Mischa lui donna l'adresse, termina le reste de la vodka et le quitta en évitant de claquer la porte en sortant.

Mischa parti, Alexandre se prépara à descendre au restaurant où l'attendaient Ivan et Vladimir. Il songeait à ce que Mischa lui avait dit à propos des filles. Son imagination l'emportait sur les rives du lac Baïkal près de la distillerie. Il y avait un complexe militaire récemment remis en fonction. Une discussion avec les gardes lui avait appris l'existence d'une clinique et d'un laboratoire de recherche. Pour l'armée, croyait-il alors.

Il s'était interrogé sur la présence de femmes superbes entraperçues un jour dans le bois de mélèze.

Alexandre s'était gardé de poser trop de questions. Il connaissait de réputation Mikhaïl Yegourine qui était venu visiter la distillerie au début de leur contrat avant qu'il ne mette Mischa à la tête des négociations avec les fabricants de vodka. Il l'avait reconnu un jour sur le terrain militaire sortant de son avion.

Alexandre était loin d'être un idiot et il avait vite compris la relation entre Yegourine et le complexe, même s'il ignorait la nature exacte des travaux qui y avaient lieu.

Ce que Mischa lui fait confié sur la soirée à venir lui donnait à méditer.

Mais pour l'heure, il avait rendez-vous avec Ivan et Vladimir au Moskovsky bar.

28

Mikhaïl Yegourine transpirait sur un tapis de marche installé sur la terrasse de son penthouse au septième étage.

Quand il était à Moscou, il s'exerçait tous les jours sur sa machine avec vue sur la place Rouge et le Kremlin, abrité derrière les vitres anti-balles.

Il faisait rarement son footing en extérieur et seulement pendant ses séjours en Sibérie.

Son appartement comportait une dizaine de pièces réparties sur huit cents mètres carrés. Un ascenseur privé le reliait directement au parking souterrain.

Mikhaïl Yegourine épongea la sueur qui perlait à son front à l'aide de la serviette enroulée autour de son cou.

Lena Bourmenkov, Sergey Malchiev, Xenia Lavrov et Mischa Borlov, ses lieutenants alias gardes du corps, étaient plongés dans un poker. Chacun d'eux avec un verre à main droite et un cendrier à main gauche. Sur la table, des liasses de billets de cent dollars témoignaient du sérieux de la partie.

Les plantes en pot étaient en plastique ; de même l'imitation de gazon sur le sol. Mikhaïl Yegourine aimait cette ambiance aseptisée et cette verdure facile d'entretien. Le jour tombait en lumière directe du plafond vitré ; l'illusion d'un jardin était complète. On rentrait de plain-pied dans un des salons meublés de profonds fauteuils disposés çà et là sur des tapis de soie.

Dans cet antre toute en beige, gris et noir, aucune femme ne pénétrait jamais. Yegourine y admettait uniquement ses quatre seconds et occasionnellement ses partenaires. Pour les fêtes, il avait ses différentes villas et pour ses propres parties fines, un appartement deux étages plus bas où il rencontrait ses maîtresses.

Yegourine aimait la variété, mais il était fidèle à sa manière. Depuis plusieurs années, il voyait les trois mêmes femmes.

Les jeux de cartes l'intéressaient moyennement. Il avait d'autres occupations. Il jeta un œil distrait à l'évolution de la partie en cours.

Il devait prendre contact avec plusieurs de ses clients, ceux qu'il désirait mettre en rapport avec ses nouvelles recrues. Il arrangerait une fête en petit comité pour l'occasion.

« Patron ! Téléphone, c'est urgent.

– Qui ?

– Gloushkov. »

Yegourine prit le portable des mains de Bourmenkov.

Les joueurs interrompirent leur poker.

Yegourine colla l'iPhone à son oreille. Il écouta un instant, puis hurla.

« Vous êtes où ? » La réponse à l'autre bout du fil l'amena à tourner la tête vers Xenia Lavrov.

« Descends chercher Gloushkov. Il est à l'entrée. Fais-le monter. »

Quelques minutes plus tard, Gloushkov avançait sur la terrasse. Yegourine ne lui laissa pas le temps pour les salutations d'usage. Il attaqua immédiatement.

« C'est laquelle qui est partie ? Car c'est de ça qu'il s'agit, non ? Elle s'est enfuie !

– La blonde, Marina Pradovska.

– Comment est-ce que c'est possible ?

– Je l'ignore dans les détails. Elle devait recevoir son injection de stabilisation demain. Elle se réveillerait normalement. C'est-à-dire qu'elle somnolait encore, mais ce matin... sa chambre était déserte.

– Déserte ! » hurla Yegourine. « Vous voulez dire qu'elle s'est envolée ?

– Pas exactement. Elle est sortie par la fenêtre. Elle a enjambé l'appui.

– Je vous avais bien dit que c'était une folie de mettre les filles au rez-de-chaussée !

– Mais, en principe, cela n'a aucune importance. Elles sont incapables d'ouvrir le châssis ni même de se lever !

– C'est ça ! Et comment elle a fait ? Hein ? Elle s'est télétransportée dans son sommeil ? Par le seul pouvoir de sa volonté en transperçant les murs ? Mais, nom de Dieu, il faut la retrouver ! Morte ou vivante ! Compris ?

— Nous avons fait notre possible, mais la neige a recouvert les traces.

— Prenez les chiens, alors !

— C'est fait. Ils ne trouvent rien. Ils gémissent et tournent en rond sous la fenêtre.

— Bon, on accélère la procédure pour les deux autres. Envoyez-les dès aujourd'hui.

— Il y a un risque que l'insensibilisation ne soit pas encore complète.

— Elle le sera quand elles arriveront à destination, non ? On ne peut attendre qu'elles nous filent sous le nez.

— Comme vous voudrez. Ça devrait être possible.

— Et continuez les recherches. Elle ne peut être allée bien loin avec la tempête de cette nuit. »

Yegourine s'abstint de commentaires supplémentaires, mais il n'en pensait pas moins.

29.

Dans la salle de réanimation, la femme était allongée sur le lit, recouverte d'un drap.

Son état était critique.

De son corps partaient toutes sortes de tuyaux reliés à des cadrans lumineux où s'affichaient des chiffres et des diagrammes. Une ampoule verte clignotait sur l'un d'eux.

Elle était dans le coma. L'odeur typique de l'hôpital l'enveloppait, mais elle ne la sentait pas.

« Sa température est presque revenue à la normale, » nota l'infirmière venue toutes les demi-heures faire le relevé des données.

De plus, si l'un des capteurs enregistrait tant soit peu un changement de rythme, une alarme se déclencherait sur le tableau et rameuterait le personnel soignant.

La femme de service qui s'occupait du bassin et de la sonde montra le liquide de couleur jaune foncé recueilli dans le récipient. Les reins étaient en bonne voie de se remettre normalement à faire leur travail.

« Ses fonctions corporelles ont repris leur activité. Je vais appeler le docteur de l'étage. »

Elle appuya sur le bouton d'un boitier en plastique gris fixé à sa ceinture.

Quelques minutes plus tard, il n'y avait pas urgence, l'interne entra dans la chambre. C'était un homme de grandeur moyenne, blond aux yeux bleus. Il répandait autour de lui le subtil parfum d'une lotion après-rasage à la bergamote.

Les membres du personnel aidant et les infirmières aimaient évoluer en sa présence.

On le disait célibataire, ce qui ajoutait à son charme indéniable.

Il prit le pouls de la jeune femme.

« Hum. Tout semble régulier, on dirait.

– Oui, l'élimination des fluides corporels se déroule en quantité raisonnable.

– Continuez les contrôles toutes les demi-heures. »

Le docteur venait de Saint-Pétersbourg. Il avait préféré faire son internat à Moscou, car pensait-il, il se passait plus de choses captivantes dans la capitale.

Jusqu'à présent, la jeune femme frigorifiée émergeant d'une congère était le premier cas sortant de la routine auquel il était confronté. Il était de service lorsque les ambulanciers l'avaient amenée la veille. De ce fait, elle était devenue sa patiente attitrée.

Tout le monde supposait qu'elle succomberait à l'hypothermie, mais à la surprise générale, il en allait tout autrement. Elle faisait montre d'une résistance exceptionnelle et avait même maintenant quelques couleurs. Son visage aux traits délicats ne laissait rien transparaître de la détresse contre laquelle son corps luttait. Les fonctions vitales reprenant petit à petit, on pouvait espérer une guérison si elle sortait du coma.

C'était malgré tout un mystère. Nul ne savait son nom ni d'où elle venait hormis qu'elle avait séjourné dans la neige à demi dévêtue.

Il fallait attendre.

Si elle se réveillait, une part du voile couvrant cette énigme serait levée à condition qu'elle ne soit pas atteinte d'amnésie.

« Chaque chose en son temps, » se dit le jeune docteur.

Son état physique s'améliorait. Pour la suite, on verrait plus tard.

30

La conférence au Métropole s'était déroulée à la satisfaction de tous les participants. Théodore Latour-Delavigne avait prévu de prolonger son séjour d'une petite semaine pour profiter de ses petits-fils et visiter les installations de Moscou.

Les chaînes de productions l'intéressaient bien entendu, mais il était particulièrement curieux de se rendre dans les unités de recherche nouvellement mis à la disposition de plusieurs scientifiques dont il avait pu apprécier les communications pointues lors de leurs interventions.

Dans la grosse berline noire qui les menait au nord de la capitale, Théodore Latour-Delavigne, confortablement calé sur le cuir des coussins, interrogeait son fils sur ses plans futurs.

« Comment comptes-tu t'y prendre pour la suite ? Nous avons maintenant des laboratoires performants, penses-tu recruter d'autres chercheurs ?

– Je voulais justement en discuter avec toi. J'ai des contacts avec l'armée et on nous propose une coopération qui peut être très rémunératrice.

– Quels genres de collaboration ? Que devrions-nous développer ?

– En fait, il s'agit moins de production que de recherche. Continuer notre avancée sur les substances neutralisantes de la volonté qui, je te le rappelle, ne sont interdites par aucune convention internationale.

– Neutralisateurs de la volonté ? Desquels parles-tu exactement ? N'oublie pas que *armis bella non venenis geri*. La guerre est menée par les armes et non par les poisons.

– Eh bien... Il ne s'agit pas de guerre ni de poison. Uniquement de recherche.

– Admettons. Et comment justifieras-tu de collaborer avec l'armée russe alors que nous ne le faisons pas avec l'armée française ?

– Premièrement, par une clause de non-exclusivité. Ce qui nous permettra de vendre nos analyses au plus offrant.

– Autrement dit, les Américains !

– Possible, mais là n'est pas encore la question. Les Russes disposent de nombreux soldats de métier et d'engagés pour faire leur service militaire. Ces derniers sont de jeunes gars en bonne santé physique et psychique le plus souvent. Ils sont payés une solde minable, lorsqu'elle leur est versée. Ce qui n'est plus le cas dans l'armée française où le temps sous les drapeaux a été aboli. Là, les professionnels reçoivent leurs émoluments en temps et en heure.

– Je ne vois pas où tu veux en venir !

– J'y arrive. Du fait de leur manque certain de finances, les jeunes Russes seront volontaires pour fonctionner comme cobayes durant les essais et pour une rémunération modique. En outre, les réglementations pour les expérimentations cliniques sur des humains sont beaucoup plus souples, pour ne pas dire inexistantes, qu'en France.

– Hum.

– Par ailleurs, pour certains tests, nous pourrions utiliser les commodités de l'armée. Je pense à des bâtiments plus ou moins désaffectés que nous pourrions réhabiliter et des endroits où le risque d'être dérangés est quasiment nul.

– Je comprends ton point de vue. Et où serait le quartier général de cette unité ?

– Sur la rive nord du Baïkal, où il n'y a pratiquement rien d'autre qu'un immense camp en friche qui servait pour l'entraînement des recrues jusqu'à une dizaine d'années. Tous ces bâtiments sont faciles à remettre en état. Les recherches proprement dites auront lieu dans notre laboratoire, ici à Moscou. Si tu le désires, nous pouvons aller à Irkoutsk et de là, par le lac, aller visiter le terrain.

– Je suppose que tu l'as déjà fait. Non, je te fais confiance. Cela ne m'avancerait à rien d'aller inspecter des constructions au milieu de la Sibérie.

– Comme tu voudras. Allons voir les laboratoires, ici. »

Damien était satisfait.

Il avait convaincu son père bien plus aisément qu'il s'y était attendu.

L'importance d'avoir ces bâtiments cachés au fin fond de la Sibérie se révélait d'actualité au fur et à mesure que le nombre de femmes augmentait.

Ce serait la place idéale pour y installer la réserve.

Par ailleurs, pouvoir conduire les essais en un lieu reculé n'était pas subsidiaire. Il avait simplement omis de mentionner à son père qu'il avait déjà acheté le terrain et que la plupart des constructions étaient en bonne voie de rénovation. Les aménagements battaient leur plein et une partie des recherches y étaient effectuées depuis plusieurs mois.

Pas seulement les tests.

Et en fait de jeunes soldats, il s'agissait de jeunes femmes.

Son père n'avait pas besoin de connaître tous ces détails et comme il avait horreur des voyages en avion au-dessus du sol russe, une visite de sa part était à exclure.

Son regard errait au-delà du pare-brise moucheté par les flocons qui voletaient à nouveau dans les rues.

31

18h. Comme à l'accoutumée, Elisabeta Krougine et Irina Abrossimova étaient assises devant un thé bien mérité, selon elles. Pour Irina Grigorieva Abrossimova, la journée avait été riche en accidents, à en croire le nombre d'admissions.

"Dieu merci ! La journée est terminée pour moi, » lança-t-elle avant de se saisir de sa tasse.

Elles étaient dans le bureau du docteur Krougine, une pièce de dimensions modestes mitoyenne à la morgue.

La fenêtre à croisillons laissait filtrer les sons de la rue.

Par le vasistas entrouvert, l'odeur des gaz d'échappement parvenait jusqu'à elles.

« Nous avons reçu une femme à moitié gelée. Elle était ensevelie dans une congère ! C'est un miracle qu'elle ait survécu !

– Comment l'ont-ils découverte ? Elle était probablement ivre, non ?

– Non, à ce qu'il paraît. D'après les ambulanciers avec qui je parlais, pas du tout. Des enfants l'ont trouvée en jouant dans la neige. Le plus cocasse, c'était sa tenue. Tu l'aurais vue ! Elle était habillée comme une fille ! Enfin, tu vois de quoi je parle, en nuisette avec des talons grands comme ça. »

Irina tendit ses deux index à une quinzaine de centimètres l'un de l'autre.

« De plus, les gars disent que c'est une vraie beauté. Les gosses l'appelaient "La reine des neiges".

– Eh, ben. Tu m'en diras tant.

– Tu ne trouves pas cela bizarre, une femme en petite chemise dans la neige ?

– Pour te dire la vérité... Je ne sais plus. On voit de tout, tu sais.

– Oui mesdames, vous pouvez le dire ! Auriez-vous une petite tasse pour moi ?"

Parov, qui connaissait les habitudes des deux amies, venait leur rendre visite lorsque son emploi du temps le lui permettait.

« Bien entendu. Asseyez-vous donc là, » lui répondit Krougine en désignant une chaise en bois blanc contre le mur.

Elisabeta s'empressait de sortir une tasse supplémentaire et de la remplir au samovar. Le liquide ambré glougloutait dans la porcelaine. Elle ajouta de l'eau chaude de la casserole sur le réchaud à alcool. Connaissant les goûts de l'inspecteur, elle mit une généreuse portion de confiture de mûres sur sa soucoupe. Puis, lui offrit le tout avec une petite cuillère en argent ouvragé avec un médaillon frappé aux armes de Saratov, sa ville natale.

« Alors, quelles sont les nouvelles ? » s'enquit-il.

« Nous parlions de la reine des neiges qui nous est arrivée cet après-midi.

— Reine des neiges, dites-vous ?

— Une femme très belle à ce qu'il paraît. Mais vous pourrez en juger mieux que nous autres. Enfouie dans la neige et elle a survécu !

— Une santé de fer, probablement. Et pas une SDF.

— Non, pas une SDF. Toutefois, sa tenue était plus que légère et affriolante. Enfin, c'est ce qui est dit, car je ne l'ai pas vue. Je n'ai fait qu'enregistrer son admission. Enregistrer... si l'on peut dire. Elle n'avait aucun papier et nous n'avons aucune identité. Donc, elle reste "La reine des neiges".

— Et dans quel service ? » demanda Parov.

« Réanimation, pour l'instant. Cela vous intéresse ?

— Pas outre mesure. Vous savez bien que moi, ce sont les cadavres qui me préoccupent. Si elle meurt, alors là, oui ! Je viendrai vous voir à son sujet.

— Pour le moment, elle a l'air de survivre.

— Que cela continue, la pauvre. J'ai vu assez de jolies femmes pour aujourd'hui."

Le docteur Krougine sortit d'un placard une bouteille de vodka et remplit tasses et verres.

« Allez ! Une gorgée pour la route. A la santé de la reine des neiges ! »

32

Pas mécontent de se mettre à l'abri des flocons qui tombaient en tourbillons toujours plus nombreux, Valery Parov descendait les marches de la station de métro. Il avait devant lui un trajet de trente minutes.

Une odeur de chien mouillé, de vieux cuir trempé, de sueur et de corps mal lavés se répandait sur le quai, mêlée à celle de la vodka exhalée par l'haleine d'un ivrogne près de lui.

L'oscillation des lustres pendus au plafond empirait de plus en plus rapidement sous l'action du souffle dégagé par la rame dans le tunnel.

Parov aimait toujours autant ce phénomène désigné par son père lorsqu'il était enfant. Il l'appelait « le vent du métro ».

La voiture de tête se plaça au millimètre près au début de la plate-forme et Parov s'enfourna dans l'ouverture entre les portes coulissantes.

Il y avait peu de monde. Le train se mit en branle dans un bruit de ferraille grinçant.

Parov s'assit sur la banquette recouverte de cuir tanné et, le visage tourné vers la paroi noire qu'il distinguait au travers de la vitre maculée de taches brunâtres, il réfléchissait à ce qu'il avait entendu chez le docteur Krougine.

Il irait dès que possible voir cette « Reine des neiges ». Il en parlerait à Krikov. Ils iraient probablement ensemble.

La recherche sur les mortes en petite tenue n'avait rien donné, mais peut-être devrait-il étendre ses investigations aux femmes évanouies ou dans le coma. Il avait commencé par les grandes villes de Russie et demain, il passerait au crible les enquêtes de Moscou et des environs. Si rien n'en sortait, il lui faudrait se lancer sur une autre piste. Le problème était bien qu'il n'y en avait pas d'autres pour l'instant.

Après un trajet qui lui sembla plus court tant il était plongé dans ses pensées, il remonta à la surface et huma avec plaisir l'air du soir.

La neige fraîchement tombée étouffait les bruits et craquait sous ses pas.

Sur le bord de la route, les congères formées par les déblayeuses s'étaient peu à peu recouvertes d'une pellicule grise, noirâtre par endroits. Les pneus des voitures chuintaient sur l'asphalte. La boue giclait dans la lumière des phares et se teintait de camaïeux brun orangé.

Sur le perron de son domicile, leur chat vint se frotter aux jambes de son pantalon. Parov le caressa de la main, puis ouvrit la porte. Le félin se faufila à l'intérieur en ronronnant de plaisir.

Olga, sa femme, l'attendait avec le dîner. Une fois n'est pas coutume, ils pouvaient prendre leur repas ensemble.

Il s'était promis de l'emmener ce soir au cinéma. Elle fut agréablement surprise de sa proposition.

Il hésitait à parler de son travail à la maison. Il voulait le plus possible, à l'instar d'un grand nombre de ses collègues, garder les méchants à l'extérieur. Mais l'affaire de la reine des neiges, comme il l'appelait aussi, ne lui sembla pas prêter à conséquence. En quoi une belle femme dans le coma pourrait-elle convoyer une menace pour les familles ? Il lui conta l'histoire. Du moins, le peu qu'il en savait après avoir entendu Irina et Elisabeta. Olga ne s'offusqua nullement de la source de ses informations. Elle avait confiance en son mari et comprenait qu'il aime échanger avec des collègues, fussent-elles féminines.

« Cette femme est toujours inconsciente ?

– A ce qu'il paraît, oui.

– Et vous n'avez rien appris sur elle ?

– Exception faite qu'elle était à moitié nue et presque gelée, non. »

En prononçant ces paroles, un déclic se fit dans son esprit.

Le corps transporté à la morgue avait aussi été frigorifié et il était de même dévêtu. Il devait en parler à Krikov sur-le-champ. Il composa son numéro, mais il obtint son répondeur. Tant pis ! Cela attendrait le lendemain.

« En route pour le cinéma, » lança-t-il joyeux.

« Tu es sûr ?

– Absolument certain ! »

Le film américain qu'ils virent n'avait ni queue ni tête. Une enquête de police impossible avec un profiler bien trop intelligent.

« Tu ne peux pas espérer que ce soit en tous points conforme à la réalité, » lui dit Olga comme il fulminait contre le manque de vraisemblance.

« C'est une fiction !

– Peut-être, mais j'aimerais tout de même que ce soit crédible !

– Pour toi qui es du métier, c'était peut-être rocambolesque ...

– Ça, c'est le moins que l'on puisse dire. Du grand guignol, oui !

– Tu n'exagères pas un peu, dis ? Moi, je me suis très bien divertie.

– Alors, c'est le principal. Si tu es satisfaite, je suis heureux.

– Tu sais, il faudra t'y faire à ces histoires. Nadejda veut être actrice ! »

Nadejda était leur fille de dix-huit ans. Une beauté rousse qu'il n'avait pas vu grandir.

« Quoi ? Jamais de la vie ! Et ses études ?

– Mais l'un n'empêche pas l'autre ! Et, c'est peut-être une lubie. Moi, à dix-huit ans, j'aurais aimé être mannequin, faire des défilés.

– Ah, vous les femmes... Remarque... mannequin, tu aurais pu le devenir, non ?

– J'étais, et je suis, de taille trop petite.

– Trop petite ? Les idiots ! Ils ne savent pas apprécier la beauté à sa juste grandeur.

– Laissons Nadejda faire des castings. Après tout, cela lui fera une expérience.

– Tu es la sagesse même, comme toujours. »

Il l'embrassa tendrement sur la tempe.

33

Les balalaïkas de Kalinka, chanson chérie des Russes par excellence, résonnaient dans les téléviseurs.

Le générique de l'émission « Ça se passe chez nous » défilait à l'image et enchaînait sur le nom du producteur.

A l'écran, le Kremlin, la Place rouge et la cathédrale Saint Basile se profilaient sur un ciel nuageux.

De légers flocons tombaient autour du visage d'Elena Obratsova emmitouflé dans une capuche en fourrure de vison argenté.

Près de ses lèvres, la boule noire du micro se givrait doucement au contact de la buée de sa respiration.

Le titre explosait sur l'image.

De sa voix mélodieuse, elle s'adressait au public.

« Chers téléspectateurs, je suis ici devant l'Institut Sklifassovsky où des ambulanciers ont déposé ce matin une femme transie. Son corps glacé, découvert par des gamins sur la route, a séjourné dans une congère plusieurs heures. Aucun moyen de l'identifier formellement pour l'instant. On l'a surnommée "La Reine des neiges" en référence à sa beauté saisissante. Nous reviendrons vers vous au prochain flash info dès que nous en saurons plus à ce sujet."

Suivaient des images avec différents plans de l'hôpital.

La caméra effectuait un zoom spectaculaire sur une fenêtre du troisième étage, créant ainsi l'illusion de pénétrer dans la chambre de la jeune femme. L'émission se terminait avec les voitures passant sur la rue Bolchaya Soukharevskaya et une vue sur le portail de l'institut.

34

Ivan et Vladimir étaient accoudés au comptoir quand Alexandre passa la porte du café. Ils le virent immédiatement, la salle étant presque déserte.

« Sacha, par ici ! » intima Vladimir en utilisant son diminutif.

Les trois camarades se donnèrent l'accolade ponctuée de claques viriles dans le dos. Ils venaient dans ce lieu par habitude, l'ayant connu avant la grande rénovation quand il s'agissait encore du Moskva et que l'on parlait du bar et du restaurant sans aucune autre désignation. Dorénavant, c'était le Quatrum, le Bystro et l'Amnis !

Alexandre, ou Sacha comme Vladimir et Ivan l'appelaient, invitait ses amis moins fortunés et signait l'addition. Ils allaient dîner au Bystro de l'hôtel qui servait des spécialités locales.

La salle leur convenait on ne peut mieux. L'emplacement réservé pour eux était de bonnes dimensions puisqu'ils s'asseyaient à trois à une table ronde prévue pour quatre ou cinq voire six personnes. Ils passèrent leur commande et échangèrent les dernières nouvelles.

« Vous ne voulez toujours pas venir bosser avec moi sur le Baïkal ?

– Nan, » répondirent en chœur Ivan et Vladimir.

« Moscou me manquerait trop, » précisa Ivan.

« Moi aussi. Tu es super de le proposer à chaque fois, mais tu n'y es pas obligé. Si un jour, on opte pour, on te donnera un coup de biniou.

– D'accord. Pas de problème. On fera comme ça. »

Sacha savait que cela n'arriverait pas. Depuis qu'il venait et leur offrait un job, ils n'avaient jamais accepté. Cela lui était égal. Cela signifiait que les choses n'allaient pas trop mal pour eux dans la capitale. Ils avaient repris un vieux garage au nord de Moscou. Tous les deux bons mécaniciens, ils auraient toujours des voitures à réparer.

« Mais, là, les gars, j'ai une invitation pour vous que vous n'allez pas refuser ! Mangeons d'abord et je vous dirai ça après.

– Tu nous mets sur des charbons ardents, » releva Ivan.

« Mais non, il nous fait le coup du Parrain ! » renchérit Vladimir.

– Buvez, camarades et avalez ! »

Les plats de piroshkis, de pommes de terre frites aux oignons et de harengs arrivaient. Ils se servirent copieusement tous les trois.

Pendant la demi-heure suivante, ils mastiquèrent, dévorèrent et parlèrent peu. Et cela, uniquement pour souligner le délice de tel ou tel assaisonnement.

Quand ils furent rassasiés et la table desservie pour laisser place aux cafés, Sacha les tint encore un peu plus longtemps en haleine.

« Allons prendre un verre au bar. »

Ivan et Vladimir n'osaient plus poser de questions sachant que leur compère les taquinait. Il leur ferait part de son invitation au moment choisi par lui.

Installés devant leur verre de vodka savourée à petites lampées, les deux copains scrutaient le troisième.

Sacha dévoila enfin ses batteries.

« Bon, si vous le voulez, on va demain tous les trois à une teuf d'enfer. C'est chez un ami à moi et il y aura des filles super. Vous êtes partants ?

– Tu parles ! Pour des nanas, toujours, » lança Ivan.

« Mais pourquoi toutes ces cachoteries ? Tu pouvais pas le dire plus tôt ?

– D'après ce que Mischa, un pote, m'en a dit, ce sont des femmes particulières.

– De quelle manière ?

– Elles ont subi un traitement et elles peuvent tout supporter sans rechigner.

« – Ben moi, ce que je leur demande, c'est simple, » s'esclaffa Vladimir, « qu'elles s'allongent et écartent les cuisses ! S'il leur faut un médicament spécial pour ça ! Tu parles, à quoi ça sert d'autre les nanas ! »

Ivan riait de bon cœur à la blague de Vladimir quand une main s'abattit sur son épaule :

« Alors, je vois que tu es en bonne compagnie. »

Krikov venu prendre un verre l'avait reconnu.

« Assieds-toi avec nous. Les copains, voici Oleg. Oleg, voici Vladimir et Sacha dont je t'ai parlé l'autre jour. »

Krikov serra les mains tendues et prit place avec eux.

Vladimir et Sacha ignoraient de qui il s'agissait, quant à Ivan, il ne savait pas que Krikov était inspecteur de police, n'ayant bu que quelques vodkas avec lui. De son côté, Krikov avait omis de dévoiler sa profession, ne le jugeant pas utile.

« Sacha arrive de Sibérie. Il travaille sur les bords du Baïkal, » annonça Ivan sans plus de précision.

« Il nous parlait justement de filles super résistantes à une fête. C'est celle d'un copain, si tu viens avec nous demain, ce ne sera pas un problème.

– Hélas, je suis déjà pris et je ne peux pas me décommander. C'est dommage pour les nénettes.

– Oui, elles ne savent pas ce qu'elles perdent, » répondit Ivan.

« Sacha, raconte-lui ce que t'a dit Mischa. » Krikov étant pour lui un étranger et ne connaissant pas le degré de familiarité entre lui et Ivan, Sacha hésitait à parler.

« Vas-y, tu peux lui faire confiance, » répéta Ivan. « Raconte-lui pour les combats de filles.

– Ben, il y a des nanas, toutes superbes, et elles se battent dans une arène pendant la fête et les mecs ouvrent des paris sur la championne. Elles sont vêtues dans des tenues somptueuses qui se déchirent et les laissent en dessous, des bas, des guêpières, c'est vachement excitant. Elles portent des escarpins et des talons, tu verrais ça ! Encore heureux qu'elles puissent marcher avec. Mais, c'est pas à toutes les réunions.

– Et toutes les lutteuses ne sont pas gagnantes. Tu nous as dit que les perdantes, tu ne les rencontrais plus. C'est pas délirant comme histoire ? » interrogea-t-il en se tournant vers Krikov. Celui-ci sentit qu'il devait faire une remarque :

« Oui, c'est chaud !

– Brûlant, je te crois ! Ce sont les filles qui sont de la vraie braise. Elles peuvent avoir trois-quatre mecs sans broncher et se prendre des claques et tout. »

Sans en avoir l'air, Krikov réfléchissait à toute allure. Des femmes qui combattaient en escarpins... cela pourrait expliquer les blessures aux jambes des cadavres. Il fallait faire vite. Obtenir cette adresse sans éveiller les soupçons des gars.

« Des filles en guêpière... et en talons... » fit-il l'attitude faussement rêveuse.

« Ah, tu vois ! Toi aussi ça te dit quelque chose.

– Si seulement, je pouvais me libérer plus tard dans la soirée.

– Ecoute, c'est simple. Voici où ça se trouve. Tu viens dès que tu peux. C'est okay, je préviendrai Mischa. »

Alexandre lui montra un papier à recopier.

Krikov dut faire un énorme effort pour cacher sa surprise. Cette adresse, il ne la connaissait que trop bien. C'était celle de la villa Nina de Mikhaïl Yegourine, le roi des magouilles mortelles.

35

Elena pénétrait pour la deuxième fois en quelques jours dans le hall de l'hôtel Métropole.

Damien l'attendait dans la suite 204.

Il était 21 heures précises quand elle monta dans l'ascenseur.

Une musique classique formait une toile de fond sonore agréable. « Prokofiev » pensa-t-elle. Le miroir lui renvoyait son image qui lui plut.

Un groom dans un uniforme gris et rouge lui demanda l'étage qu'elle désirait rejoindre.

« Deuxième, » répondit Elena.

Elle en savait assez sur les hôtels pour deviner où elle devait aller.

Les portes s'ouvrirent avec un bruissement. Soyeux. Ici, pas de gong pour signaler les niveaux. Tout se déroulait dans l'ambiance feutrée du luxe.

« Madame, vous êtes arrivée, » annonça le garçon.

Elena sortit dans le corridor large comme une avenue éclairée par des appliques en nouveau style.

En face de l'ascenseur, sur une plaque en cuivre astiquée, deux flèches noires avec un numéro. Vers la droite pour la 204.

La journaliste suivit la direction indiquée. Ses pas s'enfonçaient dans la moquette beige épaisse de cinq centimètres.

La porte entrebâillée était une invitation sans équivoque. Elle passa le seuil et s'arrêta de saisissement.

La soie nacrée tendue sur les murs, les fauteuils aux pattes sculptées, l'énorme bouquet de fleurs sur la table basse dorée la surprirent plus qu'elle n'aurait voulu l'admettre.

Damien, campé sur le divan, la contemplait d'un œil mi-narquois mi-amusé.

« Je nous ai commandé un déjeuner froid. Cela vous tente-t-il ?

— Au champagne, j'espère, » lui répondit-elle ayant recouvré ses esprits.

« Cela va sans dire. Venez, asseyez-vous. »

Il se leva pour la débarrasser de son vêtement.

Elena n'avait pas refermé derrière elle. Ils entendirent le coup discret frappé à la porte par un garçon d'étage poussant devant lui un charriot chargé de cloches d'argent et de verres de cristal.

« Cela sera-t-il ainsi à la satisfaction de monsieur ?

— Parfait. »

Damien lui glissa un billet dans la poche de poitrine de son gilet.

« Accrochez en sortant le panneau 'Ne pas déranger' s'il vous plaît.

– Bien, monsieur. »

L'homme disparut dans le couloir.

« Eh bien, nous voilà tranquilles. »

Ce disant, Damien enlaçait Elena et la dirigeait vers la couche royale.

« Nous avons tout le temps de déjeuner plus tard, n'est-ce pas ? »

Elle ne put répondre, car il lui mordillait les lèvres. Ses mains fébriles s'égaraient sous le pull mohair rose. Quand il la renversa sur le lit, ils étaient déjà à moitié nus.

Chapitre IV

36

Oleg Krikov gara sa voiture devant le commissariat. Il en descendait au moment où Valery Parov passait la grille en fer de l'entrée.

Leur amitié remontait loin.

Ils s'étaient connus à l'Académie de police de Moscou et avaient réussi leur examen le même jour. Leur carrière respective avait suivi un chemin similaire.

Au long de leurs affectations, ils ne s'étaient jamais perdus de vue. Depuis maintenant deux ans, ils partageaient un bureau et travaillaient ensemble sur les enquêtes de la Crim'.

Oleg Krikov venait de la région de Sverdlovsk, à nouveau appelée Ekaterinbourg. Il avait opté pour Moscou, pensant y avoir plus de chances de promotion que s'il restait à Perm ou dans l'Oural.

Membre de l'Académie des expéditions du cercle polaire, son père l'avait soutenu dans son choix, bien qu'il eut préféré voir son fils devenir explorateur comme lui. Ils partageaient tous les deux un amour pour les chiens. Chez ses parents, il y avait plusieurs attelages que son père entraînait régulièrement quand il n'était pas en voyage.

Parfois, Krikov le retrouvait quand ses congés le permettaient et que les affaires pendantes pouvaient supporter son absence un jour ou deux.

Ce matin, son père lui avait téléphoné pour l'inviter à le rejoindre quelques jours. Il voulait lui faire apprécier un nouvel équipage formé avec des animaux que Krikov connaissait bien. Krikov n'avait encore rien promis. Tout découlerait de la manière dont l'enquête en cours allait se dérouler.

Il menait une vie de célibataire et, chez ses parents, il pouvait se ressourcer près des chiens. En outre, la cuisine de sa mère serait la bienvenue. Il pensait leur téléphoner pour leur annoncer son arrivée. Il le ferait ce soir, si tout allait bien.

Il en était là de ses cogitations et faillit entrer en collision avec Parov qui, lui aussi, venait prendre son service.

Parov, parfois, enviait la liberté de Krikov, mais il était content de ne pas être confronté à sa solitude. Il avait Olga et leur fille, bien que cette dernière fût bientôt en âge de quitter le nid définitivement. Elle se marierait et ils resteraient tous les deux. Olga et lui attendraient la naissance de petits-enfants.

Allègrement, les deux amis montèrent les marches les conduisant au premier étage. Ils firent un détour par la machine à café nouvellement installée, un don de leurs collègues parisiens venus en visite de travail l'année passée.

Munis de leur plateau sur lequel trônaient leurs deux tasses fumantes et des morceaux de sucre, Krikov et Parov pénétrèrent dans la grande salle qui bruissait des conversations. Plusieurs inspecteurs scrutaient le tableau blanc où étaient épinglées des photos de la femme du camion. Sur l'une d'elles, on distinguait juste une jambe dépasser des cageots. Une autre la montrait telle qu'ils l'avaient vue, encoignée dans le fond de la remorque entre les choux et les betteraves.

Les deux amis partageaient un bureau. La pièce était petite, contenant avec peine leurs tables de travail sur lesquelles trônait leur ordinateur et celle qui croulait sous les dossiers. Ils avaient un grand nombre d'affaires sur les bras et une montagne de paperasses à remplir et à lire.

« J'étais hier avec Elisabeta Krougine et Irina Abrassimova pour boire le thé avant de rentrer chez moi. Ils ont admis une jeune femme en tenue très légère avec escarpins ramassée dans une congère, commenta Parov.

– Morte ?

– Non, mais dans le coma.

– Nom ?

– Aucun connu. Pas de pièce d'identité sur elle et elle ne correspond à aucun signalement parmi les personnes portées disparues.

— Allons faire un saut à l'hôpital. Téléphone à la scientifique. Ils nous feront des photos. Je veux aussi que ses affaires soient analysées.

— Bien chef ! »

S'ils avaient tous les deux à quelques mois près le même âge et jouissaient d'un grade similaire, ils avaient établi entre eux une hiérarchie par enquête. Dans celle-ci, Krikov avait la directive. Cela facilitait les développements et les empêchait de s'embrouiller dans les priorités.

« A cette heure-ci, on peut y aller en voiture.

— Autre chose, » dit Krikov. « Il paraît qu'il y a une fête un peu spéciale dans une villa de Yegourine, dans la soirée On devrait aller y faire un tour. Préviens chez toi que ton agenda est complet et apporte tes chaussures de bal ! »

Parov s'abstint de tout commentaire et se contenta de faire un signe d'assentiment. Il avait compris à son ton que Krikov détenait une information précieuse.

Arkady Nikolaevitch Gloushkov portait le titre de professeur-directeur. Il avait fait des études de médecine à l'université de Samara, puis, ayant été reçu le premier des olympiades de sa promotion, il avait eu le droit de poursuivre des recherches à Akademgorodok, la cité académique en plein cœur de la Sibérie dont les bâtiments formaient un quartier à part un peu au sud-est de la ville de Novossibirsk.

Entouré de forêts et bordé par la mer de l'Ob, un lac artificiel de la rivière du même nom, le centre scientifique s'étendait sur presque un millier d'hectares.

Depuis quatre ans, Gloushkov avait créé une nouvelle unité d'expérimentation en nanotechnologie accolé à celle de neurologie.

A l'occasion d'une conférence organisée aux États-Unis, il avait rencontré Damien Latour-Delavigne qui lui avait offert de venir travailler dans l'institut privatisé près de Moscou où il se trouvait maintenant.

Le professeur Gloushkov jouissait d'un moment de repos en marchant d'un pas vif dans le parc de bouleaux et de pins du laboratoire. Celui-ci faisait partie d'un complexe beaucoup plus conséquent et situé à une cinquantaine de kilomètres.

Il aimait sentir l'odeur des écorces et de la terre humide recouverte de neige. Les oiseaux profitaient d'un pâle rayon de soleil pour redoubler leurs pépiements joyeux. Les troncs noirs et blancs des arbres s'alignaient en désordre le long de l'allée.

Arkady Nikolaevitch Gloushkov avait été nommé directeur de cette dépendance, il y avait maintenant presque un an.

A l'époque, le but était l'élaboration de composés organophosphorés mortels utilisés pendant certains combats de troupes.

Bien que les armes chimiques fussent, en principe, officiellement interdites par les conventions internationales, chaque gouvernement possédait une unité militaro-scientifique fabriquant de telles substances. Ils avaient l'avantage de l'efficacité, car un milligramme suffisait à tuer un homme. Une attaque foudroyante sur le système nerveux et l'individu décédait dans les heures suivant l'inhalation.

Il s'agissait d'une production dangereuse à laquelle s'appliquaient des mesures de sécurité draconiennes.

Un autre bénéfice de ces gaz mortels était la facilité avec laquelle on pouvait les convoyer.

Bûchant sur des dérivés du sarin et du soman, Gloushkov avait eu son illumination. Une trouvaille qui pourrait changer l'art de la guerre et celui du renseignement. Au lieu d'annihiler le système nerveux, on pouvait de même opérer sur celui-ci en manipulant le cerveau.

Il était loin le temps où les savants avaient découvert l'acétylcholine, le premier neurotransmetteur.

Grâce à des travaux sur le thalamus et l'hypothalamus, les scientifiques étaient maintenant à même de contrôler le système hormonal de tout le corps humain, c'est-à-dire d'agir sur des pulsions comme la faim ou la soif, mais aussi sur la douleur ou le besoin de sommeil.

De là, il était aisé de comprendre les avantages de troupes qui n'éprouveraient plus ni appétit ni désir d'aucune sorte et seraient totalement insensibles à la souffrance. On en était là. Les recherches de l'unité étaient très concluantes à ce sujet.

Bien entendu, dans les articles de spécialistes publiés dans Sciences, JAMA ou The Lancet, tout comme lors de symposiums, les déclarations étaient beaucoup plus prudentes et parlaient de probabilités, d'essais au niveau d'expériences animales. Arkady Nikolaevitch Gloushkov sourit à cette pensée. Son laboratoire faisait beaucoup mieux que cela.

Son assistant, Ptior Pavlovitch Borkine l'appelait du perron.

« Arkady Nikolaevitch Gloushkov, votre rendez-vous est arrivé.

– Je viens, » répondit-il.

Le crissement doux des graviers se mêlait au chuintement de la neige sous ses pas.

38

Parov était conscient du malaise de Krikov. Son collègue et ami n'était pas dans son assiette. Il avait remarqué la ressemblance frappante entre la reine des neiges et Myrna, l'épouse de Krikov décédée quelques années auparavant.

En voyant le visage de la femme allongée sur le lit d'hôpital entre les draps blancs, Krikov avait eu un mouvement de recul. Il avait pâli comme s'il avait eu affaire à un revenant. Les cheveux d'une même blondeur, l'arrondi des joues similaire, jusqu'à la forme de la bouche, la pulpe des lèvres et l'arc des sourcils, tout procurait cette impression de déjà-vu.

Si Parov avait été saisi par cette similitude, il imaginait sans peine le choc ressenti par Krikov.

Ils étaient restés au pied du lit sans dire un mot.

Maintenant, assis dans la voiture pour rentrer au bureau, Krikov se remettait lentement de ses émotions. Parov en profita pour lui signaler que la ressemblance ne lui avait pas non plus échappé.

« C'est incroyable ! Un moment, j'ai eu l'impression d'être revenu en arrière et de la voir allongée entre ces draps.

– Oui. Toi aussi, tu l'as remarqué, alors. J'ai eu un choc. C'est presque impossible une telle similitude de traits entre personnes qui ne sont pas de la même famille.

– Tu sais, on dit que chaque humain a un sosie sur terre.

– Eh bien, jusqu'à présent, j'ai toujours considéré qu'il s'agissait d'une fable. Mais là, je suis porté à le croire.

– Vraiment curieux.

– Je me demande quelle est la couleur de ses yeux," dit Krikov d'une voix pensive.

Parov le laissa rêver un instant. Peut-être était-ce enfin la guérison de son compagnon qui approchait. Toutefois, il ignorait si tomber amoureux d'une inconnue dans le coma était la bonne solution.

Que se passerait-il si elle aussi venait à mourir ?

Ne serait-ce pas une fois de plus revivre tout l'ancien chagrin ?

Ne serait-ce pas endurer à nouveau et ressusciter la douleur acceptée ?

Parov aurait tant voulu protéger son ami d'une nouvelle souffrance, mais c'était impossible et il le savait. La vie suivrait son cours apportant son lot de peines et de joies. Si Krikov devait tomber amoureux, cela se passerait ainsi. La seule chose qu'il pourrait faire, c'est d'être là et prier pour que la belle inconnue retrouve ses esprits, sorte du coma, soit célibataire et s'éprenne, elle aussi, de lui. Pas de son docteur, comme dans les romans, mais de Krikov.

Pourquoi pas ?

Après tout, les miracles existaient peut-être.

Perdus chacun dans ses pensées, ils atteignirent le commissariat et regagnèrent leur bureau.

39

Pour une fête, c'était une fête ! Rien à redire.

Une musique techno déclinait ses décibels.

Des tables alignaient des lignes de coke sur leur dessus en miroir.

Sacha, Ivan et Vladimir, tous les trois un verre à la main, regardaient autour d'eux. Ils tâtaient la température de l'ambiance avant de se déplacer.

A leur arrivée, Mikhaïl Yegourine en personne, leur avait souhaité la bienvenue en les pilotant vers le bar qui longeait tout un côté de la pièce. Ivan et Vladimir essayaient de prendre un air affranchi, mais ils étaient impressionnés par ce qu'ils voyaient.

Des femmes topless servaient des boissons aux invités, d'autres circulaient dans le plus simple appareil avec des plateaux de snacks entre les convives, d'autres encore offraient des pilules multicolores selon l'effet désiré. Tout le monde présent trouvait naturel qu'elles soient nues, exception faite de leurs bas résille serrés sur les cuisses avec des jarretières à volants et leurs escarpins aux talons vertigineux.

Par les portes ouvertes sur d'autres pièces, ils apercevaient des divans et des fauteuils profonds où des bellâtres taquinaient des filles en robes de soirée qui dévoilaient plus qu'elles ne dissimulaient leur anatomie.

Bien qu'un habitué de ce genre de sauterie, Alexandre était subjugué par le luxe de l'endroit. Partout des grands miroirs reflétaient la scène d'un mur à l'autre.

Dans un coin, un homme se faisait sucer par une fille à genoux devant lui pendant qu'il dégustait une assiette de petits pâtés installée sur le dos d'une rousse à quatre pattes en tenue d'Ève. D'une main, il malaxait les seins d'une beauté assise sur le bras de son fauteuil.

« Combien de chattes tu aimerais en même temps ? » demanda Vladimir à voix basse.

Avant qu'Ivan ne puisse répondre, ils virent Mischa venir dans leur direction.

« Vous vous amusez tous les trois ? Vous avez l'air bien tranquille. Mikhaïl m'a prié de vous faire visiter la maison afin que vous soyez à l'aise. Toi, bien sûr, tu connais Sacha, mais tes potes, on penserait qu'ils n'osent pas se lancer. Ils sont timides ?

– Ils ne le sont pas. Ils apprécient, » lui dit Sacha.

– Si tu le dis ! Venez, on va faire le tour. »

Dans toutes les pièces, ils purent à peu de chose près admirer les mêmes tableaux.

Le casino avait des croupières en tenue légère.

Les guêpières, les bas résille, les escarpins avec talons de quinze centimètres semblaient être l'uniforme adopté.

Trop de nu tuait le nu pour Vladimir.

Ivan se laissa pousser avec une blonde dans une chambre.

Vladimir préférait différer un peu.

« Attendre quoi ? » interrogea Mischa et il fit signe à une serveuse de poser son plateau et de s'occuper de Vladimir.

Il entraîna Sacha plus loin.

« Mikhaïl désire te parler. Viens, il est en bas à la piscine. »

40

Après avoir pataugé dans la neige fondue pour faire le tour du bâtiment, Elena Obratsova claqua ses pieds à l'entrée principale pour en secouer la boue.

Par chance, l'institut abritait au même endroit la morgue et la clinique. La distance entre les deux était raisonnable. Elena n'avait pas souffert du froid.

A l'heure de midi, des fragments azurés parsemaient le ciel, le soleil perçait les nuages et aveuglait de ses rayons le parking mouillé.

Elena se dirigea vers la préposée à l'accueil qui faillit s'évanouir de surprise en voyant sa présentatrice préférée devant elle.

Bien consciente de l'effet produit, Elena signa aimablement un autographe tout en jetant un œil sur le registre ouvert. Manque de chance, elle n'y lut rien qui ressembla de près ou de loin à l'admission de la reine des neiges.

Un groupe discret d'infirmières s'agglutinait autour d'elle. Chacune lui tendait un papier, un journal, une enveloppe ou un coin de cahier pour qu'elle y appose une dédicace. Elena se prêtait au jeu sans perdre de vue la raison de sa présence. Elle serrait des mains et leur exprimait sa gratitude pour leur travail si important.

« Ce doit être dur de côtoyer des malades et des accidentés toute la journée. Vous avez toute mon admiration. Je pense faire prochainement un reportage sur votre métier. Sans vous, un grand nombre de personnes n'auraient pu être sauvées. Elles vous doivent la vie, c'est sûr. »

Les infirmières rosissaient de plaisir. Elena continua.

« Vous avez certainement des anecdotes intéressantes à raconter...

– Oui, c'est évident qu'on pourrait en écrire un livre, » répondit une stagiaire.

« Idiote ! C'est pour faire un programme de télévision, » lui asséna une collègue plus âgée.

« Pourquoi, pas les deux ? » émit Elena conciliante.

« Ça, c'est bien vrai. Tiens, rien que pour la Reine des neiges... »

Elle ne put terminer sa phrase. L'arrivée de Lavrenti Maximovitch Klimovsk, le responsable de l'étage, dispersa le groupe.

Les uniformes blancs essaimèrent comme une volée de passereaux dans un champ de blé.

« Eh bien ! En voilà une surprise ! Elena Obratsova en personne dans mon service ! Je suis un fan de votre émission. En quoi puis-je vous être utile, chère Elena ? Suivez-moi. Vous prendrez bien une tasse de thé ?

– Volontiers. »

Elena lui emboîta le pas avec un plaisir non dissimulé. Sa mission s'avérait encore plus facile qu'elle ne l'espérait.

Le bureau de Lavrenti Maximovitch Klimovsk se trouvait au même étage. Il ouvrit la porte et s'effaça pour laisser passer Elena.

La pièce était claire malgré les nuages maussades amoncelés devant le soleil. Ici, pas de néons albuginés, mais quelques lampes savamment disposées diffusaient une lumière douce et chaude. Un tapis de laine épaisse aux motifs colorés s'étalait face à la table de travail au dessus de verre. Dans un coin, un imposant samovar trônait sur un classeur en bois.

« Comme cela, vous vous intéressez à notre hôpital ?

– Plus exactement à l'une de vos patientes.

– Je sais. J'ai suivi votre émission hier. Vous êtes venue sans votre équipe de tournage ?

– J'opère en général toujours avec un caméraman. Cependant, comme il ne s'agit que d'une photo, je pourrai la prendre avec mon portable. »

Lavrenti Maximovitch évita de répondre tout de suite. Il s'affairait près du samovar. Le thé brûlant glougloutait en se versant dans les tasses. Il en posa une devant Elena avant de continuer.

« J'ignore si cela ne serait pas enfreindre la loi et empiéter sur la vie privée de notre patiente. »

Elle le remercia d'un signe de tête et lui prit la tasse des mains.

Elena le laissait réfléchir. Elle était consciente de la nécessité d'effectuer une autre approche que celle de la morgue. Toutefois mutine, elle croisa haut les jambes et dévoila ses bottes galbées. Son geste, anodin en soi, n'échappa pas au docteur. Il admirait la beauté du cuir ; son imagination faisait le reste. Elena profita du moment pour le féliciter. Un changement de sujet pouvait être utile.

« J'adore le parfum de la bergamote, ma mère en mettait toujours dans son thé. Le vôtre est réconfortant. Pour revenir à ce qui nous occupe, je pense que la diffusion de la photo de cette personne pourrait aider à son identification.

– Mais, ne croyez-vous pas que ce soit le travail des enquêteurs ?

– Nous devons fréquemment les seconder en cela et parfois devancer leur requête. Le temps presse pour cette pauvre femme. »

Elena se pencha en avant.

« Lavrenti Maximovitch, imaginez le tourment de sa famille qui ignore où elle se trouve.

– Oui, oui. Bien sûr.

– La police est-elle venue au moins ? Ont-ils mis un garde devant sa porte ?

– Deux inspecteurs sont passés, mais ils n'ont rien mentionné à propos d'une surveillance spéciale.

– Vous voyez bien. »

Elena savait être persuasive lorsqu'elle désirait quelque chose. D'un autre côté, les hommes le lui refusaient rarement. Klimovsk n'avait plus aucune objection à lui donner ce qu'elle voulait. Il n'avait plus d'yeux que pour elle, son visage, son sourire, bercé par le son de sa voix charmeuse.

« Venez, je vais vous conduire. »

41

Dans un véhicule banalisé, tous feux éteints, Krikov et Parov surveillaient la route qui menait à la villa. Ils avaient repéré plusieurs voitures de membres de la pègre moscovite.

« On dirait qu'il s'agit d'une petite fête. Aucun gros poisson jusqu'à présent.

– Il se fait tard. S'ils avaient dû venir, ils seraient déjà là, » fit Parov en jetant un coup d'œil à sa montre.

Le cadran fluorescent indiquait deux heures dix du matin.

La lune ronde et pâle irisait d'une lumière nacrée les nuages.

Leur voiture, garée sur un terre-plein, se dissimulait sous les branches basses des conifères surplombant le bas-côté de la route.

Krikov et Parov n'étaient pas en planque à cet endroit pour la première fois. Ils avaient souvent épié les allées et venues des automobiles lors de soirées chez Yegourine. Sans permis de perquisition, il leur était impossible de faire plus que cela et à la rigueur de relever les immatriculations.

De leur place, ils avaient le portail et une vaste portion de l'allée dans leur ligne de mire. Ils discernaient les lumignons éclairant la neige.

« Tiens, une voiture inconnue, » remarqua Parov alors qu'une Jaguar blanche ralentissait pour se présenter à la grille. Celle-ci fut ouverte sans problème.

Krikov communiqua rapidement le numéro de la plaque minéralogique à la centrale pour une recherche de propriétaire.

Quelques instants plus tard, le téléphone de bord crépita. Parov poussa le bouton d'enclenchement et une voix emplit l'habitacle.

« Inspecteur Krikov, le numéro que vous venez de nous donner est celui d'une Mercedes appartenant à un monsieur Karpov, Mikhaïl Karpov.

– Une Mercedes, vous êtes sûr ?

– Absolument, c'est dans le fichier. Une Mercedes de 2007.

– Pouvez-vous contrôler si ce monsieur a d'autres véhicules enregistrés à son nom ? Une Jaguar, par exemple ?

– Négatif, » annonça l'officier de service après une ou deux minutes.

« Merci, Sergent. Pouvez-vous regarder ce que nous avons sur ce Karpov ? »

Puis, se tournant vers Parov :

« Tu as entendu comme moi ! Le mec roule dans une Jag neuve avec les plaques de sa Mercedes vieille de dix ans !

– Je suppose qu'on l'inscrit sur notre liste de visites à faire, » répondit laconiquement Parov.

Il avait à peine terminé sa phrase qu'un long cri rauque se répercuta dans la nuit.

Les sens en alerte, ils étaient à l'écoute. Comme par enchantement, d'un seul geste leur Makarov apparut dans leur paume.

Ils entendirent des bruits de pas venant vers eux.

Quelqu'un courait dans la neige.

Tout à coup, une jeune femme déboucha d'un bosquet. Elle s'agrippa aux barreaux du portail et les secoua violemment dans une vaine tentative de les ouvrir.

Elle portait une guêpière rouge et noire dont la dentelle pendouillait lamentablement et d'où s'échappaient ses seins. Elle n'avait plus qu'un seul bas percé çà et là de gros trous où se voyait sa chair blanche. De toute évidence, elle avait été molestée comme en témoignaient sa joue tuméfiée et sa lèvre fendue.

Krikov et Parov sortirent en trombe de la voiture, mais au même moment deux individus accouraient dans l'allée. Ils harponnèrent la fille par les bras et l'emportaient quand les deux policiers atteignaient le portail.

« Tiens, vous étiez là inspecteur, » dit l'un des hommes avec une déférence feinte.

« Permettez-nous de ne pas nous attarder à faire la conversation, mais cette jeune personne va attraper froid si nous ne la ramenons pas rapidement au chaud. Au revoir, messieurs. »

Krikov et Parov rageaient de se voir impuissants. Il n'y avait rien d'autre à faire que de revenir à la voiture. Ils rangèrent leur pistolet dans leur étui quand le téléphone de Krikov fit entendre sa mélodie.

« Oui, Sergent. Nous avons dû sortir. Un metteur en scène vous dites... Des films publicitaires... des auditions au Bolchoï. Tiens, tiens... rien que cela. Bon d'accord. Merci... Nous retournons au poste. Essayez de creuser pour voir s'il ne réalise pas des trucs sous pseudo... A quoi je pense ? A la même chose que vous. Bien sûr, des pornos... Au revoir, Sergent. »

Krikov raccrocha pour composer de suite le numéro du substitut. Celui-ci ne répondait pas.

« Tu ne voudrais tout de même pas le sonner en pleine nuit, » remarqua Parov.

« Tiens, je vais me gêner ! Il nous faut pouvoir faire cette perquise maintenant ou il sera trop tard ! »

Il refit le numéro, toujours sans succès.

« Et merde ! » ragea-t-il en donnant un coup de poing sur le tableau de bord.

Pendant qu'il s'escrimait à joindre un substitut ou un juge, plusieurs voitures passaient le portail dans un ronronnement sombre.

« Si cela continue, ils seront tous partis. Rentrons au bureau. On reviendra dans la matinée. Ça ne sert plus à rien de rester ici. »

42

Damien Latour-Delavigne et Arkady Nikolaevitch Gloushkov étaient assis dans le bureau de ce dernier.

Damien admirait le jardin par les larges baies ensoleillées qui portaient le regard sur un parc entretenu avec soin. Ses yeux revinrent sur les tableaux accrochés aux murs tendus de tissu damassé de couleur crème avec un fil d'or qui s'harmonisait parfaitement avec les cadres.

Décidément, cette pièce avait le don de l'apaiser. Il accepta volontiers le verre de Moskovskaïa proposé par son hôte. L'alcool était glacé. Il le but d'un trait après avoir trinqué et, satisfait, ressentit la chaleur irradier doucement son sang. Il aimait ce cérémonial pendant toute rencontre sérieuse.

Rompu aux usages russes, il attendit que le scientifique prît la parole. Comme à l'accoutumée, ils deviseraient un peu de tout et de rien avant d'aborder le véritable sujet de leur entrevue.

« Comment se portent votre femme et les enfants ? » s'enquit Arkady Nikolaïevitch.

« Bien, je vous remercie. Tout le monde espère avec impatience la saison des fêtes.

– Vous irez à Sotchi, n'est-ce pas ?

– Oui. Irina et les garçons ont hâte de s'élancer sur les pistes.

– Ne m'en parlez pas ! Je me passerais bien de ce séjour annuel, mais que voulez-vous... »

Les deux hommes se comprenaient. Une famille exigeait quelques concessions.

Après un moment de silence pendant lequel ils dégustaient leur deuxième verre, Damien pensa qu'il était temps d'aborder les choses sérieuses.

« Comment se portent vos pensionnaires ?

– Au-delà de toute espérance. J'ose dire que leur état est plus que satisfaisant. Nous avons découvert la possibilité d'effacer leur mémoire à court et moyen terme. Nous avons aussi inoculé un gène supplémentaire pour la régénération accélérée des tissus.

– Et... ?

– De cette façon, elles gardent des traces très légères, mais la cicatrisation des blessures est extrêmement prompte.

– Rapide comment ?

– Deux à trois jours pour les plus profondes ; quelques heures pour des éraflures.

– Et elles sont toutes réceptives à vos manipulations ?

– Jusqu'à présent sans aucun doute. Deux jours sont nécessaires à la préparation des sujets.

– Nous avons trois nouvelles recrues pour vous, les jours qui viennent. Une blonde, une brune et une rousse comme d'habitude.

– Excellent. J'aime la variété. Les trois dernières étaient parfaites.

– Pensez-vous pouvoir accélérer le processus et les livrer pour la semaine prochaine ?

– Dans quel état sont celles-ci ?

– Impeccables.

– Aucune lésion ?

– Aucune.

– Somnifère ?

– La dose habituelle.

– Merveilleux. Allons voir celles qui sont prêtes à être mises sur le marché. »

Arkady Nikolaevitch précéda Damien et lui tint la porte ouverte. Ils longèrent un corridor qui les mena à l'arrière du bâtiment.

Une cour couverte d'une verrière abritait des orangers et des citronniers. Il y régnait une chaleur méditerranéenne qui contrastait agréablement avec les rigueurs hivernales extérieures.

Ils pénétrèrent dans un hall au sol de marbre blanc et montèrent l'escalier monumental conduisant aux étages. Au premier, Arkady Nikolaevitch poussa une porte à deux battants.

Derrière un bureau trônait une secrétaire à l'air renfrogné qui leva les yeux du dossier posé devant elle. Son visage s'illumina quand elle reconnut ses visiteurs.

« Bonjour Océane. Rien à signaler ?

– Tout est calme, monsieur le professeur. »

Pour la grande partie du personnel, les patientes détenues dans la clinique étaient des clientes souffrant de pathologies diverses. Les infirmières circulaient dans ce département et elles voyaient des jeunes adultes qui passaient leur temps devant la télévision ou au salon de soins esthétiques. Dans leur esprit, elles étaient guéries puisqu'elles ne recevaient plus de médication et se conduisaient aussi normalement que possible. Elles n'avaient aucune raison de s'étonner que certaines partent pour ne plus revenir.

Dans le boudoir qui s'ouvrait devant eux, Damien put admirer la beauté des femmes choisies. Elles étaient toutes dignes de remporter des concours de Miss Univers. Habillées dans des tenues d'intérieur, elles arboraient des maintiens nonchalants ou princiers selon leur humeur et leur nature.

« Yegourine vient faire le marché demain, annonça Damien.

– C'est ce que j'avais cru comprendre. Vous pouvez constater qu'il ne sera pas déçu. »

Damien, lui, n'avait aucune envie d'attendre le jour suivant. Il avait repéré une Maryline en jogging de couleur pastel sur laquelle il jeta son dévolu.

« Allons dans votre antre et faites amener la fille en rose. J'aimerais lui parler. »

Arkady Nikolaevitch ne broncha pas. Il comprenait ce que discuter voulait dire dans ce contexte. Ils regagnèrent son bureau où il téléphona pour donner des instructions.

Un infirmier taillé comme un bûcheron ouvrit la porte et poussa devant lui la blonde. Elle avançait sans être intimidée.

« Je vous laisse, » annonça Arkady Nikolaevitch.

Damien n'était pas dupe. Il était au courant de la manie du professeur et savait qu'il allait se positionner derrière le grand miroir sans tain pour ne rien perdre du spectacle. Cela lui convenait parfaitement. Il aimait avoir un public pour ses ébats. Cela le fouettait.

Main dans la poche, il s'approcha de la blonde en massant la turgescence enflant sous ses doigts.

43

Ils avaient à peine dormi deux heures, assis sur leur chaise et les bras croisés appuyés sur leur table de travail pour soutenir leur tête.

Une grande giclée d'eau prise dans le creux de la paume et lancée sur le visage encore brouillé avait fait office de douche.

Une barbe noire naissante pour Krikov et une ombre rousse sur les joues de Parov cernaient leurs yeux bouffis par le manque de sommeil.

Un café avalé à la hâte, ils étaient revenus à la villa avec, cette fois-ci, un avis de perquisition en bonne et due forme.

Plus aucun vestige de la fête qui s'était pourtant déroulée dans les pièces où ils se trouvaient. A croire qu'elle n'avait jamais eu lieu ! Du moins, c'est ce que l'on voulait faire admettre aux inspecteurs.

Tout avait soigneusement été nettoyé. Aucune trace non plus de sacs poubelle pleins dont le container aurait dû être rempli. Celui-ci était aussi vide que les corbeilles exemptes de tout déchet dans le bureau, les salles de bains, la cuisine et les chambres. Les draps étaient impeccables sur les lits et montraient encore la cassure des plis.

Parov pénétrait pour la première fois dans ce luxe inouï étalé avec profusion. Ebahi, il écarquillait les pupilles sans proférer une parole. Il passait d'une pièce à l'autre comme un zombie n'osant croire ses yeux à la vue de cette richesse exposée.

Au sous-sol, la piscine olympique ou presque fut trop surprenante pour qu'il puisse rester silencieux.

« Wouhah ! » fut tout ce qu'il put dire. Une exclamation venant du cœur qui fit rire Krikov.

« Tiens, regarde là, » lui dit-il en ouvrant la porte conduisant aux saunas. "Et, il y a aussi une bania dans le parc.

– On ne le fouille pas ? » s'enquit Parov.

« Pour quoi faire ? Tu penses bien que Yegourine n'est pas fou. Il ne va pas enterrer des cadavres ou planquer de la dope sous sa pelouse. Non, les scientifiques connaissent le boulot à faire, mais je doute fort qu'ils dénichent grand-chose. »

En effet, pas de dossiers compromettants dans le bureau ou dans la chambre à coucher où Yegourine avait complaisamment laissé les coffres-forts portes béantes.

« Il se fout de notre gueule, tempêta Parov.

– Pas faux, » répondit Krikov en regardant l'homme en combinaison blanche se dirigeant vers lui.

« Il y a quand même peut-être quelque chose, Inspecteur, » dit le gars en lui tendant un sachet à pièces à conviction en plastique.

Krikov examina la chose.

« On dirait un ongle. Il est verni, n'est-ce pas ?

– Oui et il y a du sang. Probablement assez de cellules pour une recherche ADN.

– Bien, bien, acquiesça Krikov. Emportez-le au laboratoire pour des analyses approfondies. Je veux tout savoir sur ce sang. »

44

Gloushkov et Yegourine se tenaient sur la rive du lac.

Des vaguelettes venaient lécher le sable et les galets près de leurs pieds. Ils portaient des tenues de sport en lycra. Ils avaient fait un jogging depuis un moment sur le chemin rocailleux le long de l'eau.

Ici, ils pouvaient parler sans crainte des indiscrétions.

Au loin, les contours des îles se distinguaient nettement avec la plus grande, Okhon. Le temps clair permettait de voir l'île Boukhari, celle des phoques nerpa.

Mais, Yegourine et Gloushkov n'étaient pas là pour admirer le paysage.

Encore un peu essoufflé de leur course, Mikhaïl Yegourine entama la conversation pour laquelle ils s'étaient éloignés du complexe.

« Arkady, c'est assurément ennuyeux que cette fille se soit échappée. Mes hommes ont été incapables de la retrouver. Ils ont surveillé la morgue et elle n'y a pas refait surface non plus.

– Tu as raison, Mikhaïl, c'est très fâcheux. Mais je suis presque formel qu'elle n'a pas survécu. Son corps réapparaîtra peut-être plus tard.

– Tu es presque positif, mais pas complètement, n'est-ce pas ?

– Impossible de l'être à 100%. Disons à 99,99 %. Cela devrait te rasséréner.

– Ce qui me tranquilise, c'est d'avoir déménagé nos affaires ici, à Severobaïkalsk. Dans ce complexe militaire, nous serons à l'abri de toute fugue. Comment vont les deux autres ?

– Très bien. Je n'envisage aucune complication avec elles. Tu pourras en prendre livraison.

– Nous allons les envoyer à l'étranger. L'une pour Paris, l'autre pour New York. Nous ferons un seul voyage pour les colis. Si nous pouvions les prendre tout de suite, ce serait encore mieux. On les emmènera en même temps à la réunion. Nous avons un léger souci avec cet inspecteur Krikov. Il a fait une perquisition à la villa Nina. Rien trouvé, comme de bien entendu. Toutefois, il est préférable de redoubler de prudence. »

Le clapotis de l'eau accompagnait chacune de leurs paroles. Yegourine regardait les vagues et le miroitement de la réverbération du soleil avait quelque chose de fascinant. Il se tut.

Un oiseau perché sur une branche derrière eux jeta un cri perçant comme pour les prévenir.

Gloushkov rompit le silence revenu.

« Nous avons pris la bonne décision en transportant le bloc opératoire et les filles. Que le laboratoire demeure à Moscou, c'est bien aussi. Inutile de le changer de place et d'attirer des soupçons. Mais tout le reste sera plus en sécurité ici. C'est l'endroit idéal. »

Yegourine ne pouvait qu'approuver. Ce soir, ils retournaient pour la capitale dans l'avion privé de Yegourine. Leur présence était nécessaire à Moscou. Yegourine ne voulait pas s'absenter trop longtemps. Krikov aurait pu remarquer une escapade trop prolongée de sa part. Après tout, il était sous surveillance, c'était clair. Gloushkov avait plusieurs opérations planifiées pour le lendemain.

D'un commun accord, ils repartirent au petit trot sur le chemin du complexe.

L'ancienne base militaire était parfaitement située. Un peu en retrait de la rive du lac, le terrain de plus de deux cents hectares était clos d'une enceinte électrifiée avec, tous les cinquante mètres, un mirador de guet dont l'éclairage aveuglait les alentours la nuit. Les bâtiments restaient invisibles du pourtour de la propriété. Les villageois de la campagne environnante ignoraient ce qui se tramait au-delà des grillages et des arbres. Ils supputaient juste qu'il s'agissait d'un lieu dédié à l'armée. Cela, c'était avant. Ils n'étaient pas au courant du changement de destination et des nouveaux locataires.

Yegourine et Gloushkov savaient leurs affaires bien dissimulées à cet endroit.

45

Krikov revenait seul à l'hôpital. Cette femme l'envoûtait.

A l'ordinaire, il savait éviter de mêler ses sentiments à une enquête. Il gardait toujours une distance salutaire.

Toutefois à l'instant présent, il lui était impossible de faire abstraction de ses émotions.

Il devait la voir.

Il devait la regarder.

Il aurait voulu la toucher.

Elle était seule.

Personne ne lui rendait visite.

Qui était-elle ?

Krikov oubliait que personne ne pouvait venir puisque tout le monde ignorait son identité. Aucun de ses proches n'avait, de ce fait, pu être prévenu.

« La reine des neiges » !

Elle méritait bien son nom. Krikov, au pied du lit, ne pouvait en détourner les yeux. Une émotion douce le submergeait. Le même ovale du visage que Myrna. Ses cheveux éparpillés sur l'oreiller : incontestablement ceux de Myrna. Des mains manucurées. Jusqu'à ses doigts fuselés sagement rangés le long du corps. Tout lui rappelait sa femme.

Comment cela était-il possible ?

Il ne savait strictement rien de cette fille et pourtant, un agréable sentiment à son égard se répandait délicatement en lui.

Qui était-elle ?

Se pouvait-il qu'elle fasse partie d'une organisation mafieuse ? Krikov repoussait au fond de lui cette éventualité. Il bannissait aussi ce sentiment qu'il sentait naître en lui. Il se refusait à souffrir encore.

Il désirait assister à son réveil. Il l'appelait de toutes ses forces. Ainsi le mystère serait-il éclairci. Mais le voulait-il sincèrement ? Il avait peur de ce que la vérité révélerait. Quel genre de corps, quelle sorte de femme pouvait résister à l'ensevelissement sous la neige ? Selon Lavrenti Maximovitch Klimovsk, elle était d'une constitution peu commune pour avoir supporté le froid intense dans la congère. Toutefois, comme il l'avait fait remarquer, la température aurait été nettement pire sur le bord de la route. La tempête l'avait sauvée.

En dehors de la chambre, les infirmières étaient agglutinées dans le local de repos. Elles regardaient un programme de télévision.

46.

De retour à Moscou, Gloushkov réfléchissait à la manière de déménager encore plus de secteurs des laboratoires. Que les femmes soient maintenant en sûreté sur les rives du lac Baïkal était, cela va de soi, une bonne chose. Toutefois, son intuition lui transmettait que ce n'était pas assez. La salle d'opération ainsi que tout ce qui avait rapport au traitement devraient s'y trouver aussi.

Selon lui, rester à Moscou représentait un danger évident. Il s'en ouvrit à Damien venu lui rendre visite.

« Pourquoi ? Que craignez-vous donc ? » lui demandait Damien.

« Eh bien, pour tout vous avouer, j'ai peur de certaines rencontres que l'on peut faire ici dans la capitale. D'autre part, que cette Marianne ait disparu ne me dit rien qui vaille.

— Mon cher, vous vous faites du souci bien inutilement. Premièrement, cette femme ne connait rien de nos affaires, et, deuxièmement, nous savons vous et moi qu'elle n'a pu survivre dehors par cette température. La seule précaution à prendre dorénavant, c'est de mettre des verrous à toutes les fenêtres. De cette façon, il sera impossible aux filles de les ouvrir. A qui que ce soit, d'ailleurs. Ce serait encore de loin préférable de les installer à l'étage. Elles seraient inaptes à sauter avant qu'on les saute ! »

Damien s'esclaffa satisfait de son bon mot qui cependant fut loin d'avoir le même effet sur Gloushkov.

« Vous oubliez que si cette fille a été capable de s'enfuir, cela nous indique une lacune dans le traitement. Il n'a pas eu sur elle le résultat escompté. Elle peut très bien se rappeler des choses.

– Ça, c'est votre domaine, mon cher Gloushkov. J'espère sincèrement pour vous que cette éventualité ne se présentera pas.

– Si c'est le cas, il n'y a pas que moi dont elle se souviendra !

– Vous avez entièrement raison ! Karpov et vous serez sur la sellette, vous vous en doutez bien !

– Elle pourrait vous avoir vu, vous aussi.

– Et quand cela, je vous prie ? Ne soyez pas stupide. Yegourine et moi sommes en dehors de tout cela. Et, c'est vous le directeur des laboratoires. Je ne suis que le commanditaire, après tout. Enfin. Inutile de supposer le pire. Tout se déroule très bien pour le moment.

– Peut-être vaudrait-il mieux prévenir que guérir.

– C'est-à-dire ?

– Eh bien, nous pourrions déménager tout le bloc sur les rives du Baïkal. J'y suis allée avec

Yegourine dernièrement. Je peux vous assurer que les conditions sont optimales.

– Et on ne garderait ici que la recherche et les produits pharmaceutiques ?

– C'est cela même.

– Quand voudriez-vous le faire ?

– Le plus tôt possible. J'ai déjà tout planifié.

– Et Yegourine ?

– Il est tout à fait d'accord. Ses hommes pourraient procéder au déménagement, ce qui éviterait d'engager une entreprise et d'avoir des personnes dont nous ne sommes pas sûrs au courant.

– Je vois. Vous avez pensé à tout. Très bien. Faites comme vous voulez. Prévenez-moi lorsque ce sera fait. »

47

Dans un des salons du Sheraton Amsterdam Airport, se tenait une assemblée n'ayant rien d'ordinaire. Inhabituelle par les participants réunis, mais aussi par le sujet de la discussion.

Il y avait là des hommes qu'un spectateur non averti aurait pris pour des entrepreneurs ou des courtiers. Toutefois, les costumes sortant d'un bon faiseur qu'ils portaient se prouvaient inefficaces à masquer la brutalité qui émanait de leur personne. Aucun d'eux n'avait de scrupules à s'occuper de *mokriyé diela* – des affaires mouillées – comme les appelait Mikhaïl Yegourine qui avait médité la présente assemblée. Dit simplement, ils trempaient tous dans des assassinats plus ou moins retentissants. Plusieurs d'entre eux en avaient été des exécutants de première main.

En tant qu'initiateur et organisateur de la rencontre, Yegourine avait tenu à faire bonne, voire très bonne figure. Les carafons d'alcools négligemment éparpillés sur la table comprenaient du Whisky Glen Garrioch 1958 à plus de 3000 euros la bouteille.

Yegourine avait rassemblé les chefs des familles les plus éminentes avec lesquelles il était en contact et faisait des affaires. Nikolaï Bragavoï de Vladivostok avait la mainmise sur tout le Kamtchatka et la Sibérie orientale ;

Dimitri Pradovsk contrôlait la région de Saint-Pétersbourg et l'Ukrainien Pavel Timochenko était aussi de la partie. Le plus surprenant était la présence des Français Jean-Pierre Debré et Kevin Macron, tous les deux tirés à quatre épingles, – que les autres nommaient « La French connexion » un peu par dérision – et celle de Lorenzo Pavarotti qui opérait sur le territoire américain, côtes est et ouest comprises.

Avec des mots de bienvenue usuels, Mikhaïl Yegourine prit la parole. Les hommes sur les lieux étaient aguerris dans les domaines les plus insolites, mais aucun d'eux n'avait anticipé ce qu'ils s'apprêtaient à entendre.

« Messieurs, je vous suis reconnaissant de vous être déplacés et d'avoir répondu à mon appel. Plusieurs d'entre vous n'ont pas hésité à traverser la moitié du globe pour cela. J'espère que vous êtes bien installés et que votre séjour sera agréable. Je vous ai fait venir pour vous faire part de nouvelles ouvertures dans notre business. Nous travaillons ensemble depuis de nombreuses années et notre association a été jusqu'ici profitable pour chacun d'entre nous. Les risques étaient parfois énormes et les bénéfices à l'avenant. Toutefois, je vous propose aujourd'hui de doubler, tripler, voire quadrupler notre chiffre d'affaires avec des inconvénients diminués d'autant. Moins d'incertitude et encore plus d'argent. »

Yegourine employait un langage clair on ne peut plus compréhensible pour les hommes autour de la table de conférence. Leur visage restait impassible. Ils attendaient la suite avant d'émettre une quelconque opinion. Mais pour un joueur de poker aussi aguerri que Yegourine, un soupçon de surprise trahissait leurs pupilles, ce qui lui permit d'enchaîner.

« Vous êtes en droit de vous demander comment nous allons réaliser ce petit miracle, car c'en est un. J'y viens dans quelques instants. Avant cela, je voudrais poser quelques questions à chacun d'entre vous.

Lorenzo, je commence par toi qui a fait le plus grand voyage. Comment vont tes affaires ? »

Lorenzo Pavarotti était un homme svelte. Les costumes noirs qu'il portait à l'ordinaire le faisaient paraître encore plus mince. La soixantaine de ses années l'avait peu marqué. Son visage émacié n'était traversé d'aucune ride. Seuls ses cheveux blancs, qu'il avait l'élégance de ne pas teindre, témoignaient de son âge et laissaient voir sa jeunesse loin derrière lui. Sa cravate gris perle tranchait sur sa chemise et s'harmonisait avec la couleur de ses prunelles claires scannant son interlocuteur avec acuité. On dit souvent que les yeux sont le reflet de l'âme. Ceux de Pavarotti, purs et limpides comme une source de printemps, infirmaient cette allégation avec force. Le dicton eut été vrai, ils auraient dû être noirs comme du jais. Pavarotti avait plus de délits à son actif que tous les maffiosi réunis dans la pièce. Il avait tué, torturé des hommes sans pitié, en ayant étranglé plusieurs de ses propres mains si soigneusement manucurées. Son absence d'empathie avec son prochain et sa cruauté légendaire dans le milieu l'avaient propulsé au rang incontesté de Parrain sur le territoire américain. Tous les trafics liés au crime étaient sous sa tutelle. La prostitution, les armes, les casinos, la drogue et les syndicats, tous lui rapportaient des sommes colossales. Le montant exact de sa fortune était ignoré de tous, mais s'élevait en milliards de dollars.

Il prit une légère inspiration, décroisa et recroisa les jambes pour répondre d'une voix douce un seul mot :

« Bien. »

Yegourine connaissait son interlocuteur. Pavarotti était un homme de réflexion et d'action de peu de mots. Cette assertion à elle seule résumait la situation. C'est aussi en pleine confiance qu'il continua.

« Le nouveau président ne vous pose pas trop de problèmes ?

– Ça va.

– Que dirais-tu de quadrupler, comme je viens de vous l'expliquer, tes bénéfices ?

– Il faut voir ta proposition, Mikhaïl. »

Une réponse toute en prudence, mais non dénuée de bienveillance, ce que prouvait l'utilisation du prénom en fin de phrase. Pavarotti n'était pas arrivé à sa place en tenant des propos inconsidérés. Il était ouvert et attendait le prolongement de l'exposé. Son opinion serait, toutefois, déterminante. Yegourine savait maintenant que les autres suivraient.

Jean-Pierre Debré et Kevin Macron ne purent s'empêcher de faire quelques phrases superflues. Mais, personne ne s'y trompa. Leur excès de paroles n'entravait en rien leur efficacité. Ils formaient un duo redoutable sur le sol français et dirigeaient d'une main impitoyable leur entreprise.

Nikolaï Bragavoï, venu du fin fond du continent régnait en maître sur le Kamtchatka et Vladivostok. Il se plaignit un peu de la concurrence, selon lui déloyale, des triades chinoises et de leurs incursions trop fréquentes en Sibérie orientale. Les Japonais aussi risquaient de créer des problèmes sous peu – majoritairement dans le trafic des voitures et des machines à sous.

« Qu'à cela ne tienne, » le rassura Yegourine.

« Cela sera bientôt du passé. »

Sur quoi il se tourna vers Dimitri Pradosk et Pavel Timochenko, l'un de Saint-Pétersbourg ;

l'autre de Kiev. Tous les deux acquiescèrent dans le même sens que les autres.

« Le marché international des narcotiques génère plus de trente milliards de dollars chaque année. Nous pouvons compter sur une marge bénéficiaire de soixante pour cent. Les lignes de crédit dont nous faisons profiter les clients par l'entremise des banques engrangent environ une quinzaine de milliards de dollars. Tout juste onze de revenus bruts. La prostitution, bien que rapportant quarante-cinq pour cent de marge bénéficiaire, représente à peine deux milliards de dollars. Les casinos et autres jeux d'argent pèsent quelque quinze milliards en bénéfices nets. Bien entendu, messieurs, nous pouvons améliorer tout cela, mais les gains restent très en deçà de ce que nous pouvons obtenir. Qu'importe les transformations des chaînes de distribution, de formation de holding, des modifications dans les systèmes directionnels ?

Très bien. Puisque tout le monde est d'accord, laissez-moi développer ce nouveau plan d'action. Dans notre branche, nous tirons nos revenus de deux principales espèces de ressources. L'une que j'appellerai les ressources humaines ; l'autre, les ressources matérielles. Parmi ces dernières, nous avons en gros la drogue, les armes et les machines à sous. Dans les ressources humaines, je mettrai la prostitution, les enlèvements avec demande de rançon, et les trafics humains en tous genres, organes et migrants compris, que nous pratiquons avec succès. Ces occupations diverses forment le noyau de nos affaires. Ce sont les ressources humaines dont je veux vous entretenir à présent et, plus particulièrement, de la prostitution sous toutes ses formes.

Jusqu'à présent, nous recrutons des denrées potentielles pour les lancer sur le marché. Nos gars font cela très bien. Droguées ou non, les filles font leur boulot et sont d'un rapport qualité-prix acceptable. Je dis bien acceptable, étant donné que dans certains cas, comme avec les enlèvements par exemple, les risques sont élevés et les coûts aussi. Par ailleurs, ces louloutes ont leurs limites. Nous avons vu dans plusieurs affaires d'actualité récente que les grands de ce monde – pensez au scandale avec Bernard Cohen – n'hésitent pas à sacrifier leur position pour une bonne partie de jambes en l'air. Mais, nous allons leur offrir mieux que cela. Ce qu'ils convoitent réellement, c'est garder le pouvoir et se payer des gonzesses autant qu'ils le souhaitent. Beaucoup d'entre eux ont des préférences cocasses, comme Francis Batave qui devait enfourcher sa mobylette pour être en mesure de sauter sa belle à Paris ou encore celui qui voulait toujours sodomiser une femme avec les seins de deux autres dans chaque main pour jouir. Ceux-là ne nous ont jamais causé de gros problèmes et ne le feront jamais. Ce sont de doux inoffensifs. Le public crie au scandale en apprenant leur lubie, mais les gens sont aveugles. Les cas difficiles sont les grands violents, ceux qui éprouvent la nécessité d'amocher, voire de tuer les filles. Ceux-là sont redoutables pour nous : ils abîment et détruisent le matériel. Les hommes de pouvoir dirigeant les affaires et à la tête de sociétés plus ou moins secrètes comme le crime organisé – non, ne riez pas – mais aussi la police, les gouvernements, l'armée ont toujours eu besoin de s'enivrer de sensations fortes. Ils sont attirés par les situations extrêmes, sans danger pour eux de préférence, où ils peuvent exercer une violence malsaine. Une sorte de fascination primitive pour la souffrance d'autrui. Les milieux clandestins du sexe pouvaient leur offrir tout cela. Je le sais et je ne vous apprends rien non plus. Une grande partie de nos bénéfices proviennent de l'exploitation de cette connaissance. En effet, d'un autre côté, ce sont aussi ceux qui nous rapportent le plus. Malheureusement, avec Internet et les réseaux sociaux, il devient de plus en plus délicat d'enlever des petites sans laisser de traces. Elles sont toutes équipées d'un portable et restent constamment en ligne à s'envoyer des SMS et des textos entre copines. "Tu es où ?"– "Je suis avec un gars sympa à la discothèque et on va là, etc." »

L'imitation d'une jeune fille au téléphone de Yegourine était désopilante et tira quelques sourires aux hommes autour de la table. Content de son effet, il continua :

« Ceux qui les massacrent nous rapportent de l'oseille, mais ils nous reviennent donc cher en matériel qui ne peut servir qu'une seule fois. Heureusement, ils sont rares. Bien qu'avec la popularité croissante du BDSM, on a de plus en plus d'accidents pendant leurs petits jeux à la con. »

Yegourine fit une légère pause pendant qu'il se versait un verre de whisky et buvait une rasade.

« Mes amis, ceux dont je veux vous parler maintenant sont les pervers. Ceux qui aiment voir souffrir une escort, qui la démolissent sans la tuer. Lui font mal et la font hurler de terreur. L'exécution d'une belle jeune fille épouvantée vaut pour eux plus que la fortune qu'ils paient. Le frisson de briser ce tabou ultime leur procure une jouissance excessive au-delà de toute excitation connue. De savoir que leur crime restera impuni ajoute une note extatique à leur forfait. Ils sont pour nous les clients les plus pénibles à satisfaire, les plus extrêmes, car les filles refusent d'aller avec eux. Elles en ont peur. Elles sont conscientes des risques d'être estropiées à jamais avec ceux-là. Eh bien, j'ai une excellente nouvelle pour vous tous. Dorénavant, elles ne dédaigneront plus ces clients-là et eux seront ravis. Ils pourront jouer autant qu'ils le veulent avec elles. Leur infliger tous les supplices que leur cerveau malade pourra inventer et elles retourneront les voir. »

Sûr de l'effet produit par cette nouvelle, Yegourine observait son auditoire. Tous se taisaient, attendant un éclaircissement qui ne venait pas. Ce fut Pavarotti qui rompit le silence.

« Explique-nous par quel miracle elles accepteraient soudainement de se soumettre à ces tarés, les filles.

– Elles seront apprêtées. Et quand je précise "apprêtées", je ne veux pas dire droguées. Non, elles seront tout à fait conscientes, mais elles ne ressentiront aucune douleur ou très bénigne. Elles pourront prétendre le contraire, selon que le client les souhaite hurlantes ou muettes.

– Et tu dis "pas droguées" ?

– Oui, pas droguées. Inoculées, transformées, fortifiées !

– D'où viendront ces merveilles ? demanda Timochenko.

– De chez nous. Nos savants ont réussi un véritable tour de force. Leurs recherches ont abouti, et la femme superpuissante est devenue une réalité. Un autre point intéressant, c'est que grâce à cette intervention, les blessures qui leur seront infligées pourront cicatriser en un temps record. Le seul problème pour l'instant est leur durée de vie assez brève. Une fois, disons, préparées, elles vivront environ de six à huit mois.

— Mais, comment pourrons-nous mettre la main sur des nanas qui acceptent un tel traitement en sachant à quoi s'en tenir sur le raccourcissement de leur existence, car c'est de cela qu'il s'agit, non ? lança le Français Kevin Macron.

« On ne leur demandera pas leur avis. Elles seront embauchées d'office. Elles passeront des castings et on ne retiendra que les plus douées et voilà. Mes amis, ne vous préoccupez pas de détails maintenant. Le principal pour moi, c'est de porter à votre connaissance que nous aurons une nouvelle marchandise à disposition pour le marché global. Nous commencerons par des Russes, nous pourrons, ensuite, mondialiser la fabrication par le racolage. Je pense que dans l'immédiat, c'est tout ce qui importe. Par ailleurs, les recrues devront être traitées sur le sol russe jusqu'à ce que nous puissions étendre notre système de production à l'international. Vous voyez certainement l'immense potentiel d'une telle ressource. Les femmes pourront être mises à contribution dans n'importe quelle situation.

— Pendant six à huit mois seulement, » objecta Jean-Pierre Debré qui ne voulait pas être en reste vis-à-vis de son compatriote et se devait de faire une remarque.

« C'est juste, » reprit Yegourine. « De toute façon, les hommes veulent toujours de nouvelles recrues et nous les leur donnerons. Vous pensez bien que pour un tel produit, ils sont prêts à payer des sommes beaucoup plus considérables. Inutile pour eux de freiner leurs appétits. Ils pourront se lâcher jusqu'à leurs pires fantasmes.

— Je suppose que la confection de ces femmes vaudra aussi une fortune, non ? » Tous tournèrent la tête du côté de Pavarotti qui venait d'élever la voix.

— Comparé aux profits engrangés, sans entrer dans les détails, le processus de façonnage sera d'un coût assez minime. Le rapport qualité-prix sera excellent. Disons un prix de revient à l'unité entre cent et deux cent mille pour un prix de vente à deux cents pour cent et plus. Des bénéfices jamais atteints avec nos autres affaires. »

Les hommes opinaient de la tête, les fronts pensifs.

« De plus, pour vous donner un petit échantillon, j'ai ici, deux spécimens que vous pourrez voir à la fin de notre réunion. »

48

Jean-Pierre Debré et Kevin Macron profitaient du vol sans histoire dans le jet privé mis à leur disposition par Yegourine.

Le ciel était bleu au-dessus de la couverture de nuages qui défilaient sous les ailes de l'avion.

Debré, près du hublot, contemplait à sa droite un rayon de soleil qui dansait sur le dossier du siège devant lui.

Kevin Macron se concentrait sur une grille de mots fléchés. Il n'avait jamais réussi à faire des mots croisés, mais le problème de force 2 qu'il avait entrepris était tout à fait adapté à ses capacités intellectuelles et lui plaisait énormément.

Derrière eux, leurs gardes du corps démontaient et nettoyaient leurs armes ou somnolaient.

Eva Petrovna leur faisait face sur la banquette. Elle se polissait les ongles qu'elle avait pourtant déjà impeccables.

Jean-Pierre Debré se leva et lui fit signe de le suivre. Elle s'exécuta, docile.

Debré était un homme raisonnable. Il était marié, avait une maîtresse et de temps en temps, il s'offrait du bon temps avec une fille. La tentation était trop forte, d'autant plus qu'ils avaient fait acte d'abstinence pendant la petite semaine qu'ils avaient passée en voyage.

Yegourine leur avait confié cette fille pour qu'ils puissent faire des essais. L'occasion était trop belle. De toute évidence, Macron n'y trouverait rien à redire.

Par ailleurs, ces nouvelles denrées étaient increvables. Pas que Debré eut des appétits disproportionnés ou sortants de l'ordinaire. Il aimait une bonne baise tout ce qu'il y a de plus simple. Les partouzes et les gang bangs n'étaient pas pour lui.

D'un autre côté, Macron se déciderait à jouir de la fille dès qu'il aurait terminé son problème de cruciverbiste. Autant qu'il soit le premier.

Eva Petrovna passa dans la chambre à coucher aménagée à l'arrière de l'avion. Elle comprenait ce qui l'attendait, mais en ignorait les particularités. Debré lui intima de se déshabiller et il la prit sans brutalité.

« Et ? » lui demanda Macron lorsqu'il revint dans le salon en se réajustant.

« Très correct. J'y retournerai tout à l'heure. Je lui ai dit de rester là-bas.

– Tu as bien fait, » répondit Macron. « Les gars ont certainement envie d'un peu de distraction.

– Et toi ?

– Moi, j'irai plus tard. Je suis occupé. Allez-y les gars, faites-vous plaisir, » lança-t-il en se tournant vers les gardes du corps.

Dans la carlingue, ils ne risquaient rien. Ils pouvaient relâcher la protection. Ils se sentaient un peu comme quand ils étaient gamins et se repassaient les nanas pour une barrette de shit, mais là, la fille en question valait plusieurs millions. Ils avaient largement dépassé leurs quinze ans et elle était gratis.

Une fois à Paris, Debré et Macron la destinaient à Daniel Serge Kroll, connu pour ses frasques sexuelles internationales.

Homme politique en vue, il s'était fait une réputation de violeur auprès des femmes. Ses comparses, eux, le qualifiaient de « dragueur lourd ». Un bel euphémisme ! Il sautait sur tout ce qui bougeait.

Kroll avait évité de justesse plusieurs condamnations et des scandales grâce à son immense fortune. Ils lui présenteraient Eva Petrovna comme une journaliste désireuse de faire un reportage sur l'ancien patron de la Banque de France. Il parlait couramment le russe et serait flatté. L'appât était trop séduisant pour qu'il y résiste.

Eva Petrovna serait entourée d'une équipe de tournage bidon. Kroll recevrait une proposition par téléphone. Cinq cent mille euros pour baiser la fille. Avoir accès à sa chambre de nuit. Pouvoir la surprendre dans son sommeil. Lui faire ce qu'il voudrait.

Une occasion trop belle pour la refuser.

La pièce serait truffée de micros et de caméras.

L'affaire était dans le sac ou presque.

49

Vladimir venait de quitter Karlota. Il avait joué avec ses neveux qui n'avaient pas école aujourd'hui.

Il n'appréciait guère Damien, et il s'arrangeait pour rendre visite à sa sœur de préférence quand son beau-frère était absent. Il n'avait jamais compris comment elle avait pu s'enticher de lui au point de l'épouser et de lui faire deux enfants.

Selon lui, Damien la trompait. Du moins, il en était presque certain.

Karlota refusait d'entendre toute remarque. Il avait plusieurs fois essayé d'aborder le sujet avec elle, mais elle l'avait stoppé net. Selon elle, si Damien s'absentait autant, c'était à cause de son travail, point final. Discussion close.

Comme Karlota avait l'air heureuse, il s'accommodait de la situation mais évitait soigneusement de se trouver dans la même pièce que son beau-frère. C'était assez facile, Damien étant rarement avec sa sœur dans la journée.

Les pneus des véhicules faisaient un bruit de succion sur l'asphalte mouillé. L'odeur des gaz d'échappement dominait toutes les autres à l'exception de celle du bois brûlé.

Vladimir longeait la chaussée à la recherche d'une voiture qui le ramènerait vers le Centre. Il avait rendez-vous avec Ivan et Alexandre au bar du Metropol.

Sur le point de traverser la route, il remarqua qu'il était près des laboratoires Vialet-Laroche.

Il décida d'aller jusqu'à la devanture pour voir l'aspect du bâtiment de son beau-frère.

La construction toute en vitre et béton s'alignait avantageusement avec les autres sur l'avenue par un escalier monumental qui menait à la porte d'entrée s'ouvrant sur un hall immense. La transparence du verre se teintait légèrement de vert et tranchait sur les murs peints en blanc. L'ensemble était grandiose.

Vladimir se positionna à une dizaine de mètres des marches pour admirer l'immeuble.

Prêt à partir, Vladimir levait le bras pour arrêter une voiture quand il s'immobilisa stupéfait. Son beau-frère apparaissait sur le perron. Il discutait avec un individu qu'il reconnut tout de suite. Une créature qu'il aurait préféré ne jamais revoir.

Une Mercedes freina à sa hauteur.

Encore sous le choc de ce dont il venait d'être témoin, il ne comprit pas immédiatement ce que lui voulait le conducteur.

« Vous allez où ? » lui demandait celui-ci.

« Au Centre, » répondit Vladimir machinalement.

« Quinze dollars.

– D'accord. »

Vladimir monta dans le véhicule. Sur le perron, les deux hommes parlaient toujours.

La circulation était fluide à cette heure de la journée. Vingt minutes plus tard, le chauffeur le déposait Place de la Révolution.

Le bar du Metropol était bondé à cause d'un groupe de touristes anglais fraîchement débarqués. Alexandre et Ivan occupaient chacun un tabouret dans le coin. Ils avaient gardé un siège libre entre eux deux. Ils faisaient de grands signes, agitant les bras en direction de Vladimir qui les vit instantanément.

50

Lorenzo Pavarotti fit une entrée fracassante dans le bar du Hilton.

A son bras, se pendait une magnifique rousse aussi grande que lui. Des yeux verts brillaient comme des escarboucles dans son joli minois. Un fourreau en lamé émeraude moulait sa taille envoûtante et affichait un décolleté vertigineux qui dissimulait peu du volume enchanteur de ses seins.

D'une beauté immarcescible, la rouquine dominait impérialement les autres invitées de la réception.

Avec cette déesse à ses côtés et ses quatre gardes du corps qui le suivaient, Pavarotti retint l'attention des convives et le temps sembla se figer un instant. Certain d'avoir été vu par le sénateur, il se dirigea vers lui.

Arrivé à quelques pas, il libéra son bras de l'emprise de la jeune femme et la poussa légèrement en avant en appuyant le plat de sa main sur la chair nue du dos.

« Bonsoir, Sénateur, permettez-moi de vous présenter Olga Markova. Olga, voici un des hommes les plus puissants de notre pays. »

Le parlementaire ne pouvait quitter ses yeux du décolleté qui se terminait au nombril. Cependant, Pavarotti réservait les charmes d'Olga à un invité autrement plus important.

S'il avait flatté avec tant d'insistance le membre du sénat, ce n'était que pour entamer une conversation près du point stratégique en bas des escaliers que devait descendre le Président.

Pavarotti pensait à lui en ce moment même où il échangeait des politesses avec l'homme politique.

« C'est une authentique rousse, » lui murmura-t-il à l'oreille en le quittant emmenant Olga Markova vers le Président qui atteignait la première marche.

Il voulait conduire Olga à ces hommes dont il connaissait la faiblesse : la violence envers les femmes.

Ces politiciens haut placés sur l'échelle sociale n'étaient que des minables à ses yeux.

Pavarotti avait l'esprit de famille.

La femme pour lui était ou bien sacrée, comme l'étaient sa mère, ses sœurs, son épouse, ses filles, ou bien une marchandise que l'on se devait de respecter. Il oubliait pour plus de commodité toutes celles qui souffraient de la prostitution involontaire dans ses réseaux, les droguées à qui ses dealers procuraient leur came et même celle qu'il avait à son bras à la réception et qu'il destinait à un mâle qui n'aurait de jouissance qu'en la heurtant dans sa chair.

Le mafieux ne voyait que la façon de blesser ces individus et de les atteindre, et ce serait dans leur porte-monnaie.

Pavarotti se promettait d'organiser une vente.

Olga irait au plus offrant.

Elle serait mise à prix un million de dollars. En un rien de temps, les surenchères dépasseraient plusieurs millions. Les hommes ne sauraient rien de leurs concurrents. Les offres se feraient uniquement par paliers de cinq cent mille dollars.

La réception serait la seule apparition publique d'Olga. Elle faisait sensation ce qui augurait de bons bénéfices pour la suite.

La compétition des mâles se battant pour une femelle à coups de dollars jouerait en sa faveur. Pavarotti glissait à chaque client potentiel quelques mots sur les capacités et les prouesses d'Olga. Tout se passait au nez et à la barbe des autres invités présents méconnaissant le marché qui se créait sous leurs yeux à cette réception de bienfaisance.

Les bons bourgeois se persuadaient d'œuvrer pour le bien de la communauté, ce qui en un sens était vrai. Ils ignoraient la véritable raison de telles réunions ! Elles offraient l'opportunité de rencontres entre membres du même domaine ténébreux où ils établissaient des profits pour des causes qui supportaient beaucoup moins la lumière du jour.

Les dames patronnesses souriaient, heureuses du montant du chèque remis par Pavarotti pour leurs bonnes œuvres. Elles fermaient les yeux sur la présence de la femme à demi nue à son bras, ne voyant en elle rien d'autre qu'une maîtresse. Pas une n'eut supposé que son mari était prêt à payer un ou deux millions pour passer une nuit avec elle enchaînée à l'assouvissement de ses fantasmes et de son bon plaisir.

Celles qui remarquaient la flamme de la concupiscence briller dans les prunelles de leur conjoint étaient loin de se douter qu'il tordait en pensée les seins à les arracher de leur gangue émeraude et elles jouissaient déjà du coup dont il les gratifierait une fois de retour dans l'intimité de leur chambre à coucher.

Pour d'autres, si elles interceptaient l'envie de leur mâle, elles savaient qu'il irait retrouver ce soir-là une maîtresse.

Toutes croyaient tout connaître de leur étalon et être larges d'esprit pour les unes, encore aimées et désirées pour les autres.

Amusé, Pavarotti observait le manège des convoitises ambiantes.

51

Devant les dossiers empilés en quinconce et sur le point de s'écrouler, Valery Parov pestait contre l'administration.

Au lieu d'informatiser les affaires en remontant les années, les archivistes avaient reçu l'ordre de commencer dans les années 1980 et petit à petit de revenir à l'époque actuelle. Une pratique absolument ridicule et inefficace, selon Parov.

Pour une enquête de six ans, c'était encore faisable et on mettait la main sur des données électroniques, car depuis cette période maintenant tout passait par l'ordinateur.

Manque de chance, le dossier qu'il cherchait datait de quelques mois. En voyant les vêtements de la fille à l'hôpital, il avait eu un déclic.

Il se souvenait d'une jeune femme repêchée dans la Moskova, habillée dans le même style.

Si sa mémoire était fiable, elle n'était pas morte noyée dans l'eau du fleuve, mais autre part, sans violence évidente et personne n'avait jamais réclamé le corps. Son absence n'avait alerté personne ; son signalement n'apparaissait pas dans le registre des personnes disparues.

Parov perdait peut-être son temps, mais il devait s'assurer de faire fausse route ou bien d'être sur la bonne piste.

Tout en fouillant du regard le titre des chemises cartonnées, il réfléchissait.

Si ce qu'il pensait s'avérait, ils auraient bien un repère, car il s'agirait alors de trois femmes dont les conditions seraient identiques. A une différence de taille : l'une était dans le coma et les deux autres décédées.

Comme il n'était pas certain de la date précise, il devait faire le boulot lui-même et ne pouvait confier sa recherche à l'un des archivistes. Il se rappelait très bien du nom donné par les journalistes : « L'inconnue de la Moskova ».

C'était au début de l'automne, juste après les vacances.

A cette époque de l'année, il n'était pas rare de voir un corps sans vie au petit matin. Un SDF qui n'avait plus supporté les rigueurs de la canicule, mais cette femme n'avait rien d'une clocharde. Elle était soignée jusqu'au bout des ongles.

Le dernier carton de la pile qu'il auscultait se révéla être le bon. Parov remonta son butin à l'étage après avoir signé le registre. Il n'était pas mécontent de retrouver l'odeur de tabac refroidi et de café éventé qui empestait son bureau. Il avait failli suffoquer dans la poussière des archives et leur senteur de vieux document.

Parov posa le dossier sur sa table et s'installa confortablement dans son fauteuil. Il défit la bouclette du nœud qui retenait la chemise cartonnée autour des feuilles de papier.

Le rapport du dessus était celui de l'autopsie. Parov le mit de côté pour plus tard. Il voulait d'abord parcourir les conditions dans lesquelles on avait découvert le cadavre. Apparemment, c'était un joggeur qui l'avait repéré en faisant sa promenade sur les berges du fleuve. Il attaqua la lecture de la déposition du témoin :

« Je, soussigné, Alexandre Iaroslavitch Nikolaev, déclare le vingt-trois septembre de l'an deux mille seize avoir, au cours de son footing matinal à sept heures quarante-sept, aperçu un corps féminin près du lac de Serebranié bor après quoi il a immédiatement appelé les secours à l'aide de son portable. »

Ce rapport contenait peu d'information en vérité et aucune sur la découverte proprement dite du cadavre de la femme.

Parov nota les coordonnées de l'homme et passa au procès-verbal de l'officier arrivé sur les lieux.

« Moscou, le vingt-trois septembre de l'an deux mille seize. Nous, Vladimir

Semionovitch Zlatov, lieutenant de police de la Milice deux cent douze, atteignons le lac Serebranié bor le long de la piste de footing à huit heures vingt-trois où nous a mandés le sieur Alexandre Iaroslavitch Nikolaev après qu'il a constaté la présence de la dépouille de sexe féminin aux longs cheveux blonds tressés en couronne autour de la tête, le visage de profil contre terre. Le corps est à demi vêtu dans un accoutrement en dentelle noire et rouge que l'on a coutume de nommer une guêpière. Celle-ci est délacée et laisse apparaître les seins ainsi que le poitrail ensanglanté. La jambe droite est nue et la gauche porte un bas tirebouchonné jusqu'au genou. Le pied de même côté est chaussé d'un escarpin-sandale aux lanières de strass. Sur les deux cuisses, les bras, les épaules et la partie du visage visible, de larges traces tuméfiées zèbrent la peau comme si la défunte avait été molestée par de nombreux coups de poing. Aucun sac à main à proximité ne permet l'indication d'éléments identitaires éventuels. »

Encore cette guêpière.

Parov contempla les clichés qui accompagnaient les rapports. Le corps de la femme était svelte et très bien proportionné, mis à part les seins énormes. Peut-être cela était-il l'effet de la perspective. Toutefois, vus d'un autre angle, leur taille sphérique accrochait également le regard par leur grosseur. "Chirurgie esthétique" pensa Parov sans y prêter plus d'attention.

Plusieurs photos des vêtements, prises à la morgue quand la morte avait été déshabillée pour l'autopsie, complétaient la série. Sur l'une d'elles, la paire de sandales aux talons vertigineux sagement rangées côte à côte laissait supposer que la seconde chaussure avait refait surface sur le site, mais il n'en était fait mention nulle part.

Rapport d'autopsie

Devant nous, sur la table d'autopsie, repose les restes de X de sexe féminin, enregistré sous la référence 230920162 Moscou. Nous sommes à l'Institut médico-légal, il est neuf heures du matin, le 24 septembre deux mille seize.

Nous avons effectué un examen radiographique du corps qui n'a révélé ni la présence d'éléments étrangers ni celle de fracture du squelette. Après observation minutieuse des blessures aux jambes et aux cuisses, nous confirmons qu'elles ont été infligées *ante mortem* et résultent d'un objet pointu à bout carré. Certaines sont des déchirures superficielles ou des éraflures. Aucune n'excède la profondeur d'un centimètre et demi (cent cinquante millimètres). L'aspect de la peau signale un séjour de plusieurs jours dans l'eau, mais l'absence d'œdème pulmonaire éradique la noyade comme cause du décès.

Sur les bras, plusieurs ecchymoses ont été provoquées *ante mortem*. Les signes de strangulation sur le cou n'ont pas entraîné la mort. Les vertèbres cervicales ont été brisées *post mortem*. Des déchirures anales et vaginales à différents stades de guérison indiquent des viols répétés dont au moins un avec un objet contondant. Une trace de piqûre derrière le lobe de l'oreille droite laisse supposer l'administration d'un produit quelconque par un tiers. Des examens de toxicologie supplémentaires sont en cours de réalisation. Les conclusions en seront disponibles dans quelques jours.

Parov farfouilla dans les feuillets à la recherche des résultats de l'analyse toxicologique. Il le parcourut rapidement. Une constatation lui sauta aux yeux :

La présence dans l'estomac d'un sédatif puissant, du Rohypnol ingéré en dose massive. L'existence dans le sang de traces de différents anesthésiques, analgésiques morphiniques et myorelaxants administrés par voie intraveineuse (traces d'étamine et de propofol) ou par inhalation (traces d'isoflurane).

Parov étala les photos du corps sur son bureau et inscrivit les informations récoltées sur une feuille de papier.

L'identité de la femme était inconnue.

Aucun des traumatismes n'avait pu être la cause du décès.

Elle avait ingéré une grande quantité de Rohypnol.

Des traces de différents analgésiques et anesthésiants se trouvaient dans son sang.

Elle portait une tenue légère et sexy de marque étrangère onéreuse.

Exception faite de ses blessures, elle avait un aspect très soigné, les ongles des mains et des pieds peints.

Ce n'était pas grand-chose, mais c'était quelque chose.

Ces données étaient bigrement similaires à celles recueillies à propos de la femme du camion.

D'où provenaient ces corps ?

Que faisaient-elles en ces tenues ?

Pourquoi personne ne les avait portées disparues ?

Si seulement la femme de l'hôpital sortait de son coma !

Parov en était à ce stade de ses réflexions quand Krikov revint s'asseoir.

« Alors, tu as quelque chose ?

– Peut-être bien, mais j'ignore encore ce que cela signifie. »

Parov lui relata le résultat de ses recherches. Krikov était d'accord avec lui.

« En effet, ce n'est pas beaucoup, mais tout de même mieux que rien. Je retournerai à l'hôpital demain. »

Krikov ne divulguait pas qu'il était tombé sous le charme de la belle inconnue. Lui aussi en pensée la nommait la reine des neiges.

Qui pouvait-elle bien être ?

Même si elle se réveillait, elle pourrait très bien avoir perdu la mémoire.

La patience était la seule issue possible. Il fallait attendre.

52

Parov conduisait une voiture banalisée. Il s'était dit que ce serait peut-être moins effrayant pour le témoin.

En voyant un véhicule de police, les gens avaient tendance à se fermer.

A côté de lui, Marva, la petite stagiaire, était sagement assise, les mains à plat sur ses genoux. Avec son visage poupin entouré de ses boucles blondes qui s'échappaient de sa casquette et ses joues creusées de fossettes, elle mettrait l'homme à l'aise.

Alexandre Iaroslavitch Nikolaev habitait dans la rue Loukovskaya, dans le district Troitse-Lykovo. Un quartier qui ressemblait beaucoup à un village éloigné de la capitale et où on oubliait complètement Moscou. Des passages étroits où une seule voiture pouvait circuler de front, l'absence de trottoir et la neige sur les bas-côtés où perçaient des brins d'herbe gelée, tout rappelait la campagne jamais bien distante du cœur d'un Moscovite.

« On cherche quel numéro ? » demanda Marva.

– Regarde dans le dossier, mais c'est le quatre-vingt-dix-sept si je ne me trompe pas. »

Marva feuilleta un court instant dans la chemise que lui tendait Parov.

« Oui, c'est ça. »

Ils suivaient une palissade verte sur la droite et, sur la gauche, ils avaient un mur de béton peint en marron derrière lequel ils distinguaient le toit d'une superbe villa. La maison qu'ils cherchaient était juste en face.

Des branches d'arbres où pendaient des stalactites hivernales surplombaient les planches de l'enceinte.

A droite de la porte surmontée par une plaque indiquant le numéro, une poignée de fer correspondait à une cloche qui servait de sonnette.

Ils furent accueillis par les jappements d'un grand chien qui sautait contre le bois du battant.

Un homme d'une quarantaine d'années, vêtu d'une tenue sportive, leur ouvrit.

« Couché, Boris. Tiens-toi tranquille, » furent ses premiers mots avant de leur demander ce qu'ils souhaitaient.

Le molosse, une sorte de lévrier poilu ne se formalisa pas de l'ordre reçu et vint les renifler. Ayant senti une odeur certainement plaisante pour lui, il se dressa sur ses pattes arrière, prêt à lécher le visage de Parov.

« Boris est très enthousiaste, il adore les visiteurs. En quoi puis-je vous aider ? Entrez, je vous prie. »

L'homme les introduisit dans un salon et leur indiqua des sièges. La pièce était meublée à l'anglaise avec des tissus à ramages fleuris qui recouvrait des fauteuils et un sofa à l'air confortable.

« Vous êtes bien Alexandre Iaroslavitch Nikolaev, n'est-ce pas ? » redit Parov

– Tout à fait. Que puis-je faire pour vous ?

– C'est au sujet de cette femme que vous avez découverte au mois de septembre dernier. Pouvez-vous nous dire comment cela s'est passé ?"

Comme Nikolaev faisait mine de vouloir protester un peu, car il avait déjà raconté cette histoire plusieurs fois, Parov leva la main pour lui couper la parole.

« Croyez-moi, je suis bien conscient que vous avez déjà dû en parler à plusieurs reprises et que c'était il y a quelques mois, mais pourriez-vous faire un effort et nous raconter exactement comment cela s'est produit comme si vous le disiez pour la première fois, s'il vous plaît ? »

Nikolaev poussa un profond soupir, secoua la tête en signe d'impuissance en pinçant les lèvres pour se plonger dans ses souvenirs et commença.

« Comme vous le dites, il y a plusieurs mois déjà. J'ai tout rapporté à la police et aux journalistes qui sont venus, mais faire deux fois une découverte pareille ou presque...

– Comment cela une découverte identique ?

– Vous n'êtes pas au courant ? En fait, j'ai trouvé deux corps pratiquement au même endroit.

– Deux femmes ?

– Oui, et toutes les deux étaient des inconnues à ce qu'il paraît.

– Vous voulez dire qu'après le mois de septembre, il y en a eu une autre ?

– Non. La première, c'était en janvier. Celle en septembre, c'était la deuxième. Je l'ai dit à l'agent qui a pris ma déposition.

– Bon, on parlera de ça après. Commençons par la femme de septembre.

– Ben... Je faisais mon jogging comme tous les matins et en longeant la Moskova, je l'ai aperçue dans le fourré. En fait, pour être exact, je devrais plutôt dire 'Boris l'a trouvée'. Il refusait de venir à mon signal et il aboyait en regardant du côté de la berge. J'y suis allé pour le rappeler à l'ordre et il y avait une chaussure de femme. J'ai d'abord pensé 'Tiens, quelqu'un a jeté des souliers'. Comme elle avait l'air neuve, j'ai voulu avoir l'autre pour faire la paire et... j'ai aperçu le cadavre. Tout d'abord, je ne distinguais pas que c'était un corps avec l'herbe et les buissons. Il y avait le reflet du soleil sur la chaussure, donc, je me suis rapproché. C'est là que j'ai vu que c'était quelqu'un. J'ai aussitôt fait demi-tour et j'ai appelé les secours sur mon portable. C'est tout.

– Merci. Parlez-moi maintenant de la femme en janvier, voulez-vous ?

– Il y avait de la neige, alors c'était différent. Boris était resté avec ma nièce qui était en visite chez nous et mon épouse. Et, c'était pas tout à fait au même endroit, mais à l'autre bout de la route, presque à l'intersection avec la rue Odinskoskaya. J'étais choqué. La femme était allongée dans la congère. Elle était en peignoir, un tissu très fin. Ce qui m'avait frappé, c'était ses jambes nues avec plein de petits points rouges. Je voyais bien qu'elle était morte. J'étais complètement ahuri. J'avais mon téléphone dans ma poche de jogging et au moment où j'allais appeler les secours, une voiture de police tournait au coin du chemin et s'avançait vers moi. Je me souviens d'avoir été surpris, car les agents viennent rarement patrouiller par ici, et certainement pas de si bonne heure. Il était environ sept heures et demie et il faisait nuit noire. Vous pensez bien, en janvier ! Je les attendais et leur montrais le cadavre. Ils m'ont commandé de rentrer chez moi, qu'ils s'en occuperaient. Ce n'est qu'en septembre avec la deuxième femme que leur façon de faire m'a paru bizarre. Cet été, les policiers venus sur les lieux m'ont demandé mon nom, mon adresse, ce que je faisais là, tout ça. Le lendemain, deux inspecteurs se sont présentés à mon domicile pour entendre encore une fois ce que j'avais à dire. L'histoire était dans les quotidiens. Un reporter m'a interviewé et je suis aussi descendu au bureau de la milice du quartier pour signer une déposition. En janvier, rien de tout ça. Nada. Pas une ligne dans les journaux. Pas de chroniqueur et je n'ai pas eu de visite de la police.

— Vous pourriez reconnaître ces deux agents qui sont venus en janvier ?

— Peut-être... oui... faudrait voir. Vous savez qui c'est ?

— Pas exactement, mais vous pourrez nous aider à les identifier.

— Ils auraient dû prendre une déposition, hein ? Mais je ne veux causer de tort à personne, moi !

— Ne vous inquiétez pas. Ce ne sera pas le cas. Tout ce que l'on vous demande, c'est de nous les montrer sur des photos. Pourriez-vous venir maintenant avec nous, s'il vous plaît ? »

Nikolaev ne se fit pas prier plus longtemps. Il suivit Parov et Marva après avoir fermé les portes.

« Boris ! Tu gardes la maison. Je reviens vite. »

53

« Alors, ça a donné quoi ? » demanda Krikov à Parov qui venait de raccompagner Nikolaev à l'entrée et l'avait confié à un collègue en uniforme avec mission de le ramener chez lui.

« Il a reconnu Sergey Malchiev, un des sbires de Yegourine. Pour l'autre, il n'était pas sûr. Peut-être Bourmenkov.

– Donc, Yegourine est dans le coup ! Chapeau les agents de police. Pouvait-il dire quelque chose sur la fille ?

– Pas grand-chose. En fait, elle était en déshabillé, sur la neige de la berge.

– Il ne sait pas que ce n'était pas des inspecteurs ?

– Non, je ne le lui ai pas dit. Inutile de l'affoler. Et Yegourine ne lui fera rien après tout ce temps. D'ailleurs, il ignore certainement qu'il a découvert l'autre six mois plus tard.

– En clair, nous avons quatre femmes. Trois cadavres, dont un volatilisé, et une beauté inconsciente à l'hôpital.

– C'est assez bien résumé. On fait quoi ?

– Pour le coma, la solution est peut-être dans son réveil. La disparition ne nous apprendra rien.

– Tout à fait d'accord avec toi. Tu as une suggestion ?

– Oui. On doit demander un permis d'exhumation pour la fille de l'été et faire des analyses plus poussées. Pour celle du camion, attendons d'en savoir plus, mais pour toutes les deux, je souhaite un test de l'épiderme.

– Tu crois que ... ?

– En effet, je le pense. Mais, comme ça on en aura le cœur net. Cela ne m'étonnerait nullement qu'elles aient cet ADN étrange. Si tu veux mon avis, on aurait dû faire ces analyses plus tôt.

– Et pour la reine des neiges ?

– Ce sera un peu plus délicat, mais on doit le faire aussi.

54

Les rideaux bleu et blanc entouraient la fenêtre d'une auréole azurée.

Sur la nappe fleurie de bleuets de la table, Olga déposait une soupière d'où s'élevait le fumet délicat d'un bortsch. Le rouge des betteraves s'y mêlait à la couleur de la crème fraîche en stries roses qui disparurent quand elle y plongea la louche pour servir Valery.

La famille Parov dégustait son repas dominical.

La fille, Nadejda, racontait excitée, son audition au Bolchoï.

« Imaginez-vous, j'ai pu réciter un monologue de Tchekhov pour Mikhaïl Karpov ! C'est absolument exceptionnel. Il ne laissait presque personne parler. Tout le monde devait faire quelques pas sur le podium et c'est tout ! Moi, il m'a adressé la parole et m'a demandé quel était l'auteur que je désirais lui faire entendre ! Vous vous rendez compte ?

– Mais, c'est formidable, Nadejda, ma chérie, » lui répondit Olga. "Tu ne trouves pas, Valery ?

– Oui, oui. Formidable. Cela se passait où ?

– Ah, mais ça ! Tu n'écoutes donc jamais rien, » explosa Nadejda presque en pleurs.

« Mais si, mais si. J'ai très bien suivi. Au Bolchoï. Je me demandais simplement si j'avais bien compris qu'il s'agissait de la grande salle, car enfin cela m'étonne tout de même. Généralement, pour les auditions, ils prennent une pièce de répétitions. C'est tout. »

Rassérénée par les explications de son père, Nadejda ne se fit pas prier pour continuer son récit.

« C'est excitant. Personne ne sait pour quel film ils recrutent des acteurs. J'ai ma petite idée.

– Ah, oui ? Comment cela ? » interrogea Parov tenant assurément à ce que Nadejda lui pardonne et tentant de montrer un intérêt qu'il était loin de ressentir.

« Ce doit être une tragédie et le physique est terriblement important. Sans être remarquée par quiconque, je suis montée à la salle de régie pour voir. Eh bien, ils ont sélectionné trois filles absolument superbes. J'ai bien vu qu'ils n'ont retenu aucun garçon. Tu comprends, Papa, ce doit être pour un film étranger avec une ou plusieurs actrices russes. Dans ce cas, j'ai une chance. Ils n'ont pas fait déclamer les autres. Je ne les connais pas. L'une d'elles avait des talons d'au moins quinze centimètres et une jupe en cuir. Tout le monde l'admirait.

– Et quand auras-tu les résultats ?

– Ils me contacteront s'ils ont décidé de me prendre, alors, j'attends.

– Croisons les doigts, » dit Parov pragmatique.

L'idée que sa fille veuille devenir actrice ne lui plaisait pas du tout, mais il était d'avis qu'elle devait suivre sa voie. Il espérait secrètement qu'il s'agissait d'une passade et qu'elle reviendrait à un choix de métier plus sérieux avec le temps.

Chapitre V

55

S'il y avait une chose que les inspecteurs avaient en horreur, c'était les exhumations.

Les exhumations et les autopsies.

Le procureur avait envoyé le permis de sortir l'Inconnue de la Moskva de son dernier repos.

Parov et Krikov marchaient dans les allées de gravillons en direction du numéro 232, vers un carré spécial pour les corps non réclamés par des proches et aussi des personnes qui n'avaient pas été identifiées. Les anonymes y étaient enterrés aux frais de la commune ou de l'Etat selon l'endroit où ils avaient été trouvés.

L'air du matin était frais. La neige, tombée pendant la nuit, décorait les caveaux de dômes étincelants sous le soleil pâle d'hiver.

Parov avait relevé la place de la sépulture dans le registre du cimetière. Sépulture était un bien grand mot. Il s'agissait d'un monticule surmonté d'une croix avec un numéro. La terre était toujours nue, car depuis septembre et les froids de l'automne, la végétation n'avait pas encore eu le temps de repousser.

Les fossoyeurs en avaient vu d'autres. Cependant, ils étaient plus habitués à enfouir les corps qu'à les ressortir de leur tombe. Ils creusaient depuis une demi-heure le sol dur à l'endroit indiqué quand une des pioches cogna une pierre.

« Fausse alerte, » dit l'un des employés et il retira le morceau de roche pour le jeter par-dessus le rebord de la tranchée.

A deux, le travail avançait rapidement.

Les policiers virent bientôt le bois apparaître. Encore quelques pelletées et il fut entièrement dégagé.

Le dessus avait à peine noirci. Il avait pris cette couleur grise des essences soumises aux intempéries.

Les inspecteurs se penchèrent au-dessus de l'excavation avec le procureur et le représentant de la ville.

Les employés tractèrent le cercueil à la surface à l'aide de cordes passées sur leurs épaules.

Le gardien du cimetière décloua le couvercle en introduisant un pied-de-biche dans la fente sur le côté. Avec un craquement mat inattendu, car l'humidité l'avait gonflé, le bois céda.

Une odeur pestilentielle se dégagea par l'ouverture ainsi pratiquée.

Parov mit son mouchoir devant son nez et sa bouche, imité par les officiels autour du trou. Krikov détourna la tête et respira une petite fiole d'eau de Cologne qu'il avait pris soin d'emporter.

Perchés sur les branches alentour, les freux curieux observaient la scène de leurs yeux bleus.

L'inhumation avait eu lieu par le plus simple des procédés et le corps de la jeune femme se dessinait sous un linceul de toile fine. En quelques mois, il s'était affaissé. Seuls le crâne et la chevelure qui l'entourait témoignaient de la nature humaine des restes.

Les scientifiques transbahutèrent le squelette dans une housse en plastique noir sur laquelle un inspecteur posa des scellés.

L'odeur fétide se dissipa aussi brusquement qu'elle avait agressé les narines. Cette cérémonie terminée et le rapport consigné, le cortège prit le chemin de la morgue où le corps fut placé dans un tiroir réfrigéré. Sa prochaine étape serait l'exposition sur la table en inox du docteur Krougine pour l'autopsie demandée par le procureur.

56

Devant son écran d'ordinateur, Théodore Latour-Delavigne était en vidéoconférence avec les directeurs des succursales des laboratoires de Paris et de New York.

Les deux hommes lui rapportaient dans les grandes lignes les opérations marketing prévues pour un supplément alimentaire inédit devant éliminer les kilos superflus en un temps record. Il s'agissait d'un marché majeur dans le monde occidental. Cette nouvelle formule était présentée comme la panacée ultime pour combattre les centimètres de tour de hanches chez les femmes, sans aucune restriction ni exercice sportif. Pour le vendre dans les différents pays, ils avaient engagé une firme spécialisée garante du design de la campagne qui se devait d'être universelle.

Théodore Latour-Delavigne écoutait d'une oreille un peu distraite. Des services commerciaux, seuls les résultats lui importaient. Quant aux moyens, il laissait cette préoccupation aux responsables. Après tout, c'était leur job. La raison pour laquelle ses directeurs le consultaient était sa présence à Moscou. Le matraquage publicitaire devrait inclure les femmes russes qui, elles aussi, à n'en pas douter, désiraient avoir cette silhouette svelte et gracieuse promise par le produit. Oui, bien sûr, il était en Russie, mais ils feraient beaucoup mieux de contacter Damien pour cela. Lui, Théodore, se préoccupait plus de l'efficacité démontrée de la cure que de la manière de la vendre.

Les directeurs, qui préféraient travailler avec Damien de toute façon, furent soulagés de sa constatation. Ils n'avaient pas voulu anticiper sur sa déclaration, mais ils étaient ravis de l'entendre. Il pouvait compter sur la performance, les tests et analyses avaient été concluants. La FDA avait donné son feu vert.

« Parfait, » se félicita Théodore pas mécontent de pouvoir mettre un terme à la conférence.

Avec le décalage horaire, Théodore Latour-Delavigne avait terminé sa journée de travail quand les autres à New York étaient toujours en pleine action.

Il consulta sa montre et décida qu'il pouvait encore aller prendre un verre au bar pour se détendre, car l'emploi du temps du lendemain serait chargé.

Au comptoir, Alexandre, Ivan et Vladimir étaient en grande discussion.

Avisant un siège libre, Théodore Latour-Delavigne vint s'asseoir près d'eux. Il les écoutait vaguement lorsqu'il entendit Vladimir prononcer le prénom Damien. Il se demandait s'il s'agissait de son fils quand le reste de la conversation lui parvint.

« Oui, alors je regarde mieux. Je le voyais là, sur le perron, parler avec… devinez qui ? »

Question purement rhétorique à laquelle Ivan et Alexandre ne prirent pas la peine de répondre et dont Théodore attendait la suite.

« C'était Gloushkov, juste devant moi comme je vous vois !

– Pas possible, » s'exclamèrent Ivan et Alexandre.

« Tu en es sûr ?

– Sûr et certain. C'était Gloushkov.

– Mais que fait-il avec ton beau-frère ?

– Ça, c'est aussi ce que je me demandais, mais l'histoire ne doit pas être joli, joli.

– Si Gloushkov est à Moscou, c'est pour une affaire pas nette, » renchérit Ivan.

– Vous savez, mon beau-frère dirige des laboratoires de recherche. Je pense que lui et Gloushkov ont monté cette histoire de vamps dures à cuire.

– Tu veux dire ces nanas à la fête pourraient être de leur création ?

– Oui. Si vous vous souvenez bien, Gloushkov faisait des tests sur des soldats pour les rendre invincibles. Eh bien, il n'est pas impossible qu'il ait mis ses connaissances en pratique pour que ce soit des louloutes insensibles à la douleur. Vous savez, moi, cette fête, je la trouvais pas nette du tout. On se serait cru chez les mafieux, non ? »

Théodore Latour-Delavigne laissait pénétrer les paroles de Vladimir en lui. Damien se serait donc acoquiné avec ce Gloushkov dont parlaient les amis au bar. Il comprenait aussi que le dénommé Vladimir était le frère de la femme de Damien, un garçon qu'il n'avait encore jamais rencontré.

Sous le coup d'une soudaine inspiration, il se mêla à la conversation.

« Excusez-moi, messieurs, je n'ai pas pu faire autrement que d'écouter vos paroles, et ce que vous dites sur les expériences est très intéressant pour moi. Je suis moi-même chercheur en neurosciences et je n'ai jamais entendu parler d'hommes ou de femmes insensibles à la douleur de façon totale. Vous voulez dire qu'elles sont anesthésiées, ces femmes ?

– Pas du tout. Selon ce qu'on nous a raconté, elles subissent une opération et on leur inocule une sorte de vaccin, » répondit Ivan.

– C'est terriblement intéressant. Pensez-vous que je pourrais rencontrer ce monsieur... comment dites-vous... Gloushkov ?

– Ça, il faudrait le lui demander. Allez voir au siège des laboratoires et prenez contact.

– Peut-être pourriez-vous m'indiquer l'adresse de ce laboratoire ? » s'informa encore Théodore pour être certain qu'il s'agissait bien du bâtiment des établissements Vialet-Laroche.

« A vous entendre, le propriétaire doit être un de vos compatriotes. Il y a aussi un nom français inscrit sur le fronton de l'immeuble. Un nom composé : Vialet-Laroche.

– Oui, vous parlez très bien le russe, mais avec un tout petit accent français," s'esclaffa Vladimir devant l'air surpris de Théodore.

« C'est vrai, messieurs. Je suis français. Théodore, » dit-il en omettant soigneusement d'accoler son patronyme à son prénom en se présentant.

« Mon beau-frère aussi est français, c'est pour cela que je reconnais l'accent, » précisa Vladimir

« Le frère de votre femme est français et pas votre femme ?

– Non, non, pas du tout. Le mari de ma sœur est français.

– Ah, pardonnez mon erreur, j'avais mal compris, » s'excusa Théodore.

– Aucun mal à ça. »

Théodore était furieux de s'être laissé berner par Damien. Il se dominait devant les trois amis.

Après un moment raisonnable à parler de banalités sur la météo et la saison de foot, il prit congé.

57

Arkady Mikhaïlovitch Semionov, de bonne humeur, sifflait un air à la mode. Il finissait de fumer un excellent cigare et son équipe de football favorite, le Spartak, avait remporté le match qui l'opposait au Lokomotiv par 3-2. Une victoire totalement méritée selon Semionov qui, en supporter passionné, ne ratait jamais une rencontre entre les deux rivales. Le score avait été égal dans les premières quarante-cinq minutes, 2-2. Ce n'est qu'à un quart d'heure de la fin de la deuxième mi-temps que les gars du Spartak s'étaient déchaînés sous les slogans de leurs fans emportés par le délire de la réussite possibles qui s'époumonaient à qui mieux mieux.

C'est donc presque le sourire aux lèvres qu'il indiqua un siège devant son bureau à Parov et Krikov venus lui faire un rapport sur les derniers développements des affaires en cours.

Avant que l'un des deux inspecteurs n'ouvre la bouche, Semionov leur fit malicieusement part de la victoire de son club sachant que les deux avaient un faible pour l'adversaire, Lokomotiv.

« Félicitations, » lui dirent-ils en chœur.

« Bon, à part ça, quelles sont les nouvelles ? » demanda le commissaire sans quitter son air jovial.

« Nous avons quatre filles qui, selon toute vraisemblance, ont eu maille à partir avec le même groupe d'individus. Une femme est encore dans le coma, mais son pronostic vital n'est plus engagé. Nous attendons son réveil qui pourrait être imminent ou avoir lieu dans plusieurs mois voire plusieurs années. Impossible à dire d'après le médecin responsable. Et nous avons trois cadavres.

– Comment ça trois ? » s'insurgea presque Semionov.

Krikov poursuivit sans s'inquiéter de l'interruption.

« Une fille dans le camion, une autre en septembre sur les bords de la Moskva et une morte au même endroit en janvier.

– Mais, bon sang, d'où sortent toutes ces filles ? » s'exclama Semionov.

« On a leur identité, au moins ?

– Malheureusement, pour aucune des quatre. Le pire, c'est qu'on n'a pas le corps de celle de janvier.

– C'est une farce, non ?

– Pas le moins du monde. Le témoin est formel. Il a vu la dépouille d'une femme en tenue légère. Des policiers sont arrivés sur les lieux et lui ont dit qu'ils s'en occupaient.

– Ah bon. C'est dans le rapport !

– Hélas, pas du tout. Il s'est avéré qu'il s'agissait en fait de faux agents. Le gars a identifié des hommes de Yegourine.

– Pas de cadavre. Donc : pas d'inculpation ?

– Exactement.

– Evitons toute communication à la presse pour l'instant là-dessus. Et avec cette histoire d'ADN, on en est où ?

– On attend les résultats de l'autopsie de l'exhumation. Le docteur a promis un résumé pour demain au plus tard. Pour l'ADN, même durée, cela ne prendra pas plus longtemps, car ils vont utiliser la méthode PCR.

– Bon, je vois. Mettez-moi tout cela dans votre rapport. »

Il leur fit signe qu'ils pouvaient disposer. Les deux inspecteurs ne se le firent pas dire deux fois et sortirent de la pièce empuantie par la fumée de cigare. Ils donnaient la préférence à leur tabac.

Semionov s'empara de son téléphone. Il devait prévenir quelqu'un de toute urgence.

58

Krikov et Parov se tenaient dans le corridor près de la machine à café.

« Inspecteur Krikov, il y a un monsieur Karpov pour vous. Il attend dans le couloir, » annonça le planton de service à l'accueil.

– Merci. Je viens. »

« On lui fait le plan bon flic/mauvais flic ?

– Oui. Tu commences ou je commence ?

– Allons-y pour le grand numéro. Je vais lui faire peur. »

Parov adorait jouer le rôle du dur, de l'agent impitoyable prêt à bouffer celui qu'il interrogeait.

Il avança dans le corridor et fit signe de la main à Karpov de le suivre. Il lui ouvrit l'une des salles et lui intima de s'asseoir sur la chaise qui tournait le dos à la porte qu'il referma violemment.

Karpov sursauta et le regarda avec incompréhension, car Parov lançait d'une voix brutale.

« Alors, vous êtes Karpov, le cinéaste de films cochons ?

– Moi, mais non. Je m'appelle bien Karpov, Mikhaïl Karpov, mais je ne fais pas de films pornos. Je réalise des documentaires, des publicités et des longs-métrages.

– Long-métrage ! Publicité ! Mon cul ! C'est pas avec ça que tu t'es payé ta Jaguar, mon pote ! A d'autres, hein ? »

Parov claqua ses deux mains à plat sur le dessus de la table qui tressauta sous l'impact dans un bruit sec.

Les yeux de Karpov s'agrandirent d'effarement.

« Une Jaguar ? Mais absolument pas ! J'ai une Mercedes.

– Mais oui. Bien sûr ! Que je suis con ! Tu roules en Mercedes. Et quoi encore ? Tu te fous de ma gueule ou quoi ? Et la Jag blanche, elle est pas à toi ?

– Heu... non... enfin...

– Enfin quoi ? Tu accouches oui ou merde ? »

Parov élevait de plus en plus la voix. Karpov n'avait pas l'habitude d'être interpelé de cette manière et se tassait sur sa chaise.

« Alors petit malin, tu peux me dire comment se fait-il que tu roules dans une Jaguar, blanche je précise, avec les plaques de ta Mercedes, car c'est vrai, tu as bien une Mercedes enregistrée à ton nom ? »

A ce moment, la porte s'ouvrit et Krikov fit son entrée.

« Bon, on se calme. Monsieur Karpov va nous expliquer ce qu'il en est. Il doit s'agir d'un malentendu. Inutile de s'exciter, » prononça-t-il posément.

Puis, s'adressant courtoisement à Karpov.

« Monsieur Karpov, excusez mon collaborateur, il est un peu nerveux. Dites-nous, est-il vrai que vous possédez une Mercedes ? »

La voix posée de Krikov tranquillisa Karpov qui reprit son assurance coutumière en répondant à Krikov.

« Oui, monsieur l'inspecteur, j'ai une Mercedes comme je viens de le communiquer à votre collègue.

– Encore une fois, pardonnez-lui. Il perd rapidement patience quand il ne comprend pas quelque chose. Parov, peux-tu aller chercher un thé pour monsieur Karpov ? »

Jouant la docilité, Parov sortit de la pièce.

Krikov s'assit en face de Karpov à la table, posa devant lui la chemise qu'il portait sous son bras et l'ouvrit.

Il feuilleta dans les papiers, se saisit d'un rapport et lut à haute voix :

« Ah, voilà ! Selon ce rapport, vous avez conduit une Jaguar blanche pour vous rendre l'autre soir, le 18, à une villa propriété de monsieur Yegourine. Est-ce bien vrai ?

– Je pilotais, en effet, une Jaguar, mais elle ne m'appartient pas.

– Je vois. Et comment expliquez-vous qu'elle avait la même immatriculation que votre Mercedes ? C'est curieux, vous en conviendrez avec moi ?

– Oui, tout à fait. Vous avez raison. J'ignore absolument comment cela a pu se produire.

– Enfin, cela n'a pas grande importance. Dites-moi, vous avez bien eu des auditions au Bolchoï, n'est-ce pas ? »

Le brusque changement de sujet désarçonna Karpov qui regardait Krikov sans comprendre où celui-ci voulait en venir.

« Oui, c'est exact.

– Et vous avez trouvé les acteurs que vous cherchiez ?

– Pas tous. Pas encore.

– C'est pour quel film ? Un long-métrage ou une publicité ? »

Krikov employait un ton de conversation anodin comme si le thème l'intéressait moyennement et qu'il posait ses questions pour rester poli envers son interlocuteur. Karpov ignorait quoi dire. Il n'avait aucune idée du but poursuivi par Krikov ou du degré des informations détenues par celui-ci.

L'arrivée de Parov avec un plateau et une tasse le tira d'embarras. Mais krikov continuait.

« Ce doit être grisant d'avoir tous ces gens qui viennent et de pouvoir choisir ceux avec qui on veut travailler. Tu ne penses pas Parov ?

– Je crois bien ! On peut faire la pluie et le beau temps !

– Mais, buvez votre thé, monsieur Karpov, reprit Krikov, et pouvons-nous savoir quel genre d'acteurs vous recherchiez pour votre film. C'est bien de ça qu'il s'agit, n'est-ce pas ?

– Oui, oui. C'est un film.

– De quoi parle-t-il ?

– Heu... Le scénario est en cours d'écriture.

– Je vois. Et dites-nous comment connaissez-vous Mikhaïl Yegourine ?

– Il me commande parfois des courts-métrages, des publicités.

– Il paie bien, Mikhaïl Yegourine ? C'est pour cela que vous avez une Jaguar ? Ah, non, c'est vrai ! La Jag ne vous appartient pas et vous ignorez comment les plaques de votre Mercedes circulent sur la Jaguar qui n'est pas à vous, mais que vous conduisez. Ai-je bien résumé la situation, monsieur Karpov ? »

Krikov ne se départait pas de son ton cordial et de sa voix posée.

Karpov perdait pied.

Il sentait que le policier en savait plus que ce qu'il en laissait voir. Il bafouilla un « oui » timide.

A son grand étonnement, Krikov achevait l'interrogatoire.

« Bien, monsieur Karpov. Nous vous remercions de votre coopération. S'il y a du nouveau, nous vous tiendrons au courant. En attendant, voulez-vous bien avoir l'obligeance de ne pas quitter Moscou sans nous en faire part. »

Il conclut l'entretien en lui tendant la main. Karpov, soulagé, comprit que l'entrevue était terminée et il se leva en même temps que l'inspecteur.

Parov ouvrit la porte.

« Au revoir, monsieur Karpov, » dirent en un duo parfait les deux policiers.

Krikov et Parov regagnaient leur bureau pendant que Karpov se dirigeait vers la sortie.

« Que je sois pendu si ce mec ne travaille pas pour Yegourine, » s'exclama Krikov.

« Mais à quoi bon le prendre pour une histoire de plaques interchangées ? Il en sait beaucoup plus sur les affaires de Yegourine. Des films publicitaires ! Je t'en foutrais, tiens ! »

59

Furieux, Théodore appuya sur le bouton de l'ascenseur pour regagner sa suite. Il sortit son portable de son étui et pressa la touche de numérotation rapide pour joindre Damien. Il n'y avait pas de réseau, ce qu'il avait oublié dans sa colère. Il remit avec rage son téléphone dans sa poche, ignorant les explications du garçon en livrée.

Tout en pénétrant dans sa chambre, il réitéra sa tentative. Damien décrocha à la troisième sonnerie.

« Hello ! Ne devons-nous pas nous rencontrer demain ? Qu'y a-t-il de si urgent ? » demanda-t-il d'un ton badin.

« Ce qu'il y a ? Nous devons nous voir sur-le-champ ! Je viens d'apprendre un projet dont je suis extrêmement contrarié, » répondit Théodore prêt à vociférer.

Au son de sa voix, Damien comprit qu'une chose importante s'était produite.

« Mais pourquoi cette précipitation ? Tu as l'air en colère.

– En colère ? Tu me demandes si je suis en colère ? Damien, je suis furieux ! Ce que j'ai entendu dépasse tout bon sens ! Mon garçon, je pense que tu es inconscient des risques encourus. Nous devons nous rencontrer immédiatement. »

Son père, contrairement à son habitude, criait presque. Il semblait avoir perdu tout contrôle de lui-même. Impossible de le faire avouer ce qui le déroutait au téléphone. Damien céda.

« Tu peux venir aux laboratoires, si tu veux et nous parlerons.

– Non ! Je ne mettrai pas un pied à cet endroit. Ou tu viens ici à l'hôtel, ou je me rends chez toi.

– Bon, écoute. Quoi que ce soit, ce ne peut pas être bien dramatique. Déjeunons demain et nous aviserons.

– Tu ne m'as pas bien compris, Damien. C'est tout de suite ou je prendrai les mesures qui s'imposent.

– Là, tu m'inquiètes. De quoi parles-tu, enfin ?

– Je saute dans un taxi et j'arrive chez toi. » Théodore raccrocha.

Damien n'avait plus qu'à faire de même et rentrer chez lui. Son père avait l'air complètement hors de lui.

Pendant le trajet, il se demandait ce qu'il avait bien pu apprendre qui l'avait ébranlé de cette façon. Et surtout, comment l'avait-il su ? Il n'avait pas mis les pieds au laboratoire ni à la clinique, n'avait pas rencontré Gloushkov, et Yegourine ne faisait pas partie de son cercle de connaissances. Toutefois, cela ne faisait aucun doute qu'il avait entendu quelque chose au sujet des filles. C'était l'unique sujet dont il ne lui avait pas fait part et celui qui pouvait plausiblement lui faire perdre la tête à ce point.

Que voulait-il dire par « prendre des mesures » ?

Son père, avec sa déontologie et sa probité, était capable des pires extrêmes et même d'en référer aux autorités. Sa femme et les enfants, Dieu merci, étaient partis à Stotchi en vacances cet après-midi. Si son géniteur faisait un esclandre, il en serait le seul témoin.

60

Parov et Krikov avaient pris congé et étaient sortis de son bureau. Semionov s'empara du combiné sur sa table et composa un numéro.

Il se servait de son téléphone blanc, celui qui lui permettait un accès direct hors du bâtiment. S'il le voulait, à l'aide de cet appareil, il pouvait entrer en contact avec des villes disséminées dans toute la Russie. Il pouvait même, si cela s'avérait nécessaire, obtenir un correspondant à l'étranger.

C'était une des prérogatives d'être commissaire de police et l'ami du maire de la capitale. Toutefois, exception faite d'une ou deux conversations avec sa fille sur la Côte d'Azur française pour des vacances et avec sa femme partie faire une cure thermale à Badhofgastein en Autriche, il n'avait jamais fait usage de cette ligne spéciale. De plus, ce réseau ne passait par aucun standard. De ce fait, personne n'était à même de contrôler ses appels sortants ou entrants. Il n'avait communiqué ce numéro qu'à un nombre restreint de connaissances dont aucun de ses inspecteurs ne faisait partie.

Il devait mettre son ami au courant des progrès de l'enquête. Une habitude qu'il avait contactée depuis un bon moment déjà.

Formuler à voix haute les particularités d'une affaire à une personne extérieure l'aidait à réfléchir. En outre, Lougine était sincèrement à l'écoute. Rarement, il proposait des solutions ou des conseils, mais émettait très souvent des avis péremptoires sur le sujet. Fréquemment farfelues, ses paroles offraient la possibilité d'aborder les problèmes sous un jour nouveau auquel Semionov n'aurait jamais pensé tout seul.

Lougine décrocha à la quatrième sonnerie. Cela signifiait qu'il était dans son bureau au moment de l'appel en conversation avec une ou plusieurs personnes dont il s'était débarrassé. Il pouvait parler librement maintenant.

Il lança de sa voix de stentor les formules d'usage et s'enquit :

« Que puis-je faire pour toi ? »

Semionov lui transmit les informations que venaient de lui rapporter Krikov et Parov.

Lougine écoutait son ami. Son regard errait sur le cavalier en bronze campé sur la place.

De gros flocons tournoyaient lentement autour de la statue et mouchetaient de blanc la cuirasse et la monture.

La pièce où Lougine était assis derrière son imposante table de travail s'assombrissait petit à petit. Sous peu, il devrait allumer le plafonnier. Pour l'heure, une lampe verte de notaire suffisait amplement.

Ses pensées dérivèrent de la conversation à

un nom prononcé par Semoniov. Il fut ramené plusieurs années en arrière lors du mini scandale occasionné par les plants de cannabis apparus spontanément à la station de métro Borrissovo.

Il avait bien ri avec Yegourine, l'instigateur de la farce.

La municipalité avait semé du gazon sur une plate-bande et du cannabis avait poussé à la place ! Les préposés aux espaces verts ne s'étaient rendu compte de rien. Un habitant avait téléphoné à la mairie quand les plants avaient atteint plus de deux mètres, les feuilles et les fleurs prêtes pour la récolte. Les plantes avaient disparu dans la nuit et tout le monde ignorait comment cela s'était produit.

Lougine était au courant, bien entendu.

Mais maintenant, il s'agissait de tout autre chose qu'une farce de potache. Les kidnappings avec rançon se faisaient de plus en plus rares, Dieu merci ! Toutefois, du trafic comme celui dont parlait Semionov, s'il arrivait à l'oreille des médias, signifierait la fin de sa carrière. Et Lougine aimait ce bureau de cinquante mètres carrés avec vue sur la rue Tverskaya. Il ne pouvait imaginer ne pas être réélu et encore moins d'être destitué de sa fonction. C'est cependant ce qui se passerait si les journalistes s'emparaient de l'affaire.

Cette présentatrice de « Ça se passe chez nous » était en bonne voie de découvrir le pot aux roses.

« Tu m'écoutes ? » demanda soudain Semionov.

Lougine sursauta au son de la voix qui changeait de débit.

« Oui, bien sûr.

– Tu en penses quoi ? »

Lougine était bien en peine de trouver une réponse adéquate. Son sens de la diplomatie le sauva.

« Difficile à die. C'est assez complexe.

– Des femmes en petite tenue, jetées dans la neige…

– C'est horrible, tu as raison. On ignore d'où elles viennent ?

– Sauf pour une. En revanche, on se doute de qui a fait le coup. »

Entendant la suite, Lougine craignait le pire. Il n'aurait jamais cru Yegourine avoir le cerveau pour monter une telle affaire.

Il en aurait le cœur net, car ce soir, il l'interrogerait au club.

61

Krikov avait d'habitude une horreur panique des hôpitaux. Il était incapable de dire si c'était le fait des odeurs fades de désinfectant qui régnaient dans les couloirs ou le souvenir de sa mère se mourant sur un lit au dispensaire militaire, mais pénétrer dans un établissement de santé équivalait un véritable calvaire pour lui. Toutefois, en ce début d'après-midi, quand le service des soins intensifs appela pour lui apprendre le réveil de la reine des neiges, il fut presque heureux de passer les sas à tambour de la clinique. Parov sur les talons, il monta quatre à quatre les escaliers conduisant au premier étage.

Le docteur Lavrenti Maximovitch Klimovsk, le responsable du département, les attendait dans son bureau, la porte ouverte. Dès qu'il les vit, Klimovsk se leva et les pria d'avancer plus avant.

« Entrez, messieurs, je vous attendais. La patiente vient de se réveiller. Nous ne sommes pas sortis de la phase d'examen, mais nous pouvons d'ores et déjà constater un fonctionnement normal des capacités physiques. Bien qu'elle soit encore faible, elle réagit aussi positivement aux tests psychologiques. En revanche, elle ignore la date et quel jour de la semaine nous sommes.

Par contre, aucun problème avec l'année. Nous ne l'avons pas fatiguée avec trop de questions, mais elle semble vouloir communiquer. Elle nous a dit son nom : Marina Pradovska. Vous pouvez l'interroger, mais pas plus de dix minutes et abstenez-vous de la perturber. Elle parle sans cesse d'un rôle au cinéma, d'une audition qu'elle aurait conclue avec succès. Si vous le pouvez, demandez-lui son adresse, ce sera utile à l'administration. »

Parov et Krikov échangèrent un regard qui en disait long, mais ils évitèrent de proférer une seule parole et suivirent en silence Klimovsk.

Devant le seuil de la chambre, Krikov étendit le bras pour lui barrer l'accès.

« Docteur, nous aimerions nous entretenir en privé avec mademoiselle Pradovska.

– Oui, bien sûr. Je serai dans mon bureau, » marmonna Lavrenti Maximovitch Klimovsk. Il s'écarta sur le côté pour lui laisser le passage.

Krikov poussa la porte et congédia l'infirmière qui s'affairait à tapoter les oreillers de la patiente.

Krikov se décida pour une approche amicale.

« Bonjour, Marina. Je suis l'inspecteur Krikov et voici l'inspecteur Parov. Nous ne voulons pas trop vous fatiguer, mais nous avons deux ou trois questions à vous poser. Vous sentez-vous en état d'y répondre ?

– Oui, ça va. Je suis en forme. Depuis combien de temps suis-je ici ? Le savez-vous ? L'infirmière l'ignorait, elle venait de prendre son service après quelques semaines de vacances.

– Rassurez-vous, vous n'êtes à l'hôpital que depuis quatre jours.

– Quatre jours ! Mon Dieu ! Et mes plantes ? Avec le chauffage, elles vont mourir de soif. Quelqu'un peut-il aller les arroser ?

– Mais bien sûr. L'inspecteur Parov va s'en occuper. Donnez-lui votre adresse.

– J'habite à Yougo Zapdnaya, 16 Rue Rouskaya, bâtiment 2, bloc 3, porte 4 au cinquième étage. Les clés sont dans mon sac. »

Parov avait sorti son calepin de sa poche à son entrée dans la chambre et notait tout scrupuleusement.

Krikov ne mentionna pas l'absence de la sacoche. Inutile de l'affoler. Ils feraient venir un serrurier.

« Merci, » dit-il à Marina.

Et se tournant vers Parov :

« Qu'on envoie tout de suite quelqu'un arroser les plantes de Marina. »

Parov alla dans le couloir pour téléphoner. Ce n'était pas tant les plantes dont il fallait s'occuper, mais bien plutôt de concevoir qui était cette Marina découverte à moitié nue dans une congère. Il fallait comprendre comment elle était arrivée à cet endroit.

« Marina, nous vous avons trouvée loin de chez vous, près du Lac d'argent, dans un tas de neige. Savez-vous pourquoi ?

– Où, dites-vous ?

– Près du Lac d'argent. Des enfants jouaient là. Ils vous ont déterrée. Heureusement, les adultes ont eu la présence d'esprit d'appeler les secours.

– Je ne sais pas... J'ai pris l'avion. De cela, je me souviens. Et aussi que je suis allée au Bolchoï.

– Vous avez vu un ballet ou un opéra ?

– Rien de tout ça. C'est moi qui étais sur scène... il y avait des hommes derrière une table... je marchais... Oh, excusez-moi. Je ne peux pas me rappeler. C'est bizarre, comme un trou... ou un voile. C'est dur. »

Elle éclata en sanglots.

Krikov de plus en plus sous le charme de la séduction de cette femme blonde sans défense fit ce qu'il ne faisait jamais au cours d'un interrogatoire. Il posa délicatement sa main sur l'avant-bras de Marina et accentua d'une pression son contact pour lui signifier son soutien.

Il lui sourit.

L'effet fut instantané. Marina sentant une présence amicale lui rendit un regard chargé de tendresse au travers de ses larmes.

Ce fut comme une illumination.

Même avec ce costume délavé de l'hôpital dans ce décor insipide de blanc ton sur ton, Marina lui apparut pour ce qu'elle était : une femme, jeune et belle, perdue dans un monde qu'elle ne comprenait pas, mais que lui ne connaissait que trop bien.

Elle était une victime.

De quoi ?

De qui ?

C'est ce qu'il allait découvrir.

« Ne vous en faites pas, Marina. Tout va bien se passer, » prononça-t-il d'un ton protecteur avant de la laisser et de rejoindre Parov.

62

Après sa visite à la reine des neiges, Krikov, sur une inspiration subite, prit la direction du bureau du docteur Krougine. Il devait comprendre ce qui se passait avec Marina Pradovska.

Pourquoi ne se souvenait-elle de rien ?

Mais surtout, pourquoi ne souffrait-elle pas ?

Elisabeta Krougine se fit un devoir de répondre à ses questions du mieux qu'elle le pouvait.

« Nous arrivons aujourd'hui, grâce aux nouvelles techniques d'imagerie à notre disposition, à déceler les arcanes du cerveau, bien qu'il reste l'organe le plus sophistiqué que nous connaissions. Nous sommes en mesure de localiser les fonctions vitales comme le désir, la vision, l'ouïe, celles du goût et de l'odeur ainsi que le centre de nos émotions. »

Docteur Krougine s'empara de son briquet et de son paquet de cigarettes. Elle en alluma une et tira une longue bouffée avant de poursuivre.

« Si nous prenons, par exemple, le toucher. Nous savons que les mécanorécepteurs – ces récepteurs tactiles – sont disséminés sur toute notre surface épidermique. Toutefois, ils sont très inégalement répartis. Sensibles à l'intensité et la force comme à la température, nous en avons aux extrémités digitales, sur les lèvres où leur densité est très élevée alors que sur la peau du dos elle est très faible. »

Jusque-là, Krikov comprenait. Elle enchaîna.

« Le centre de la douleur, qui est véhiculé par des fibres différentes, est logé dans le thalamus qui se trouve lui-même au milieu du cerveau. Tout influx nerveux – la douleur en est un – doit franchir un neurone-portail pour parvenir au cerveau. Si le neurone est actif, la porte est fermée et la sensation ne peut atteindre le cerveau. L'exaction des fibres neutralise le neurone-portail et permet son ouverture. Faire en sorte que le neurone reste actif neutralise les sensations puisqu'elles ne peuvent plus parvenir au cerveau. »

Krikov réfléchissait aux paroles d'Irina Krougine. Il oubliait les odeurs de formol et de désinfectant de l'endroit et se concentrait sur les phrases qu'il venait d'entendre.

Ses maigres connaissances sur la question l'autorisaient tout de même à entrevoir clairement ce dont il s'agissait. Il désirait avoir plus de précisions et demanda :

« Et comment cela se fait-il que la patiente ne se souvienne de rien ?

– Une grosse carence en vitamine B1 qui, alors, empêche de stocker de nouvelles informations d'une part et une réduction du volume de l'hippocampe par intervention chirurgicale d'autre part, d'après ce que j'ai pu constater sur le corps de l'autre femme.

– Pas des petits joueurs, dis donc !

– En effet. Des moyens énormes sont employés pour rendre ces femmes insensibles à la douleur.

– Une chose que je ne comprends toujours pas...

– Une seule ?

– Oui. Que vient faire l'ADN de bovin là-dedans ?

– Mutation épidermique !

– En français, s'il te plaît.

– Transformé par mutation induite. »

Avant que Krikov ait pu protester de son ignorance, Krougine développa.

« Laisse-moi te faire un topo rapide en résumé. Schématiquement, on peut dire qu'il y a deux grandes catégories de mutations : les mutations somatiques et les mutations germinales. Les premières ont lieu dans les cellules inaptes à produire des éléments reproducteurs : les ovules et les spermatozoïdes, donc la plupart des cellules du corps. Cette mutation somatique affecte l'individu, mais non l'hérédité. Donc, transmission nulle des parents aux enfants. Tu me suis ? »

Question rhétorique à laquelle Krikov répondit par un minime hochement de tête.

« Deuxième catégorie : les mutations germinales. Au contraire des mutations somatiques, elles se forment dans les cellules, disons reproductrices : ovules et spermatozoïdes. L'affection n'a pas lieu chez l'individu, mais dans sa descendance et elles sont héréditaires.

– Au début, tu mentionnais une mutation induite, non ?

– Oui. Ce qui nous amène à la cause des mutations. On parle majoritairement de deux causes pour les mutations. Il s'agit soit d'erreur dans la séquence de l'ADN pendant la réplication ; soit elles résultent d'une exposition à des agents mutagènes – substances chimiques ou radiations. Ce qui nous donne les mutations spontanées dans le premier cas et les mutations induites dans le second.

– Je vois. Ce que tu dis est qu'il s'agirait d'une mutation créée.

– Exactement ! Tu as tout compris. A l'aide d'un agent intercalant – je suppose que cela a été fait – la peau est de structure bovine, beaucoup plus résistante que celle d'un humain. Maintenant, il reste à savoir pourquoi. Mais cela, c'est ton domaine. Pour ma part, je parierais pour la même raison que toutes les autres manipulations. Les rendre insensibles à la douleur. »

Krikov prit congé. Il avait de quoi alimenter sa réflexion.

La neige s'était arrêtée de tomber. Il décida de rejoindre à pied le commissariat éloigné de quelques rues de l'hôpital. Il passerait le lendemain prendre sa voiture. L'air frais lui ferait du bien.

63

Au commissariat, les agents s'étaient agglutinés devant le poste de télévision qui restait allumé en permanence dans la salle de repos. Leur programme favori commençait. Ils raffolaient tous de « Ça se passe chez nous », majoritairement à cause de la présentatrice Elena Obratsova.

Pour ce programme, ils laissaient tout en plan si aucune urgence ne se manifestait.

Comme à son habitude, la journaliste portait une robe généreusement décolletée sous son manteau grand ouvert.

Des sifflets résonnèrent dans la pièce à son apparition sur l'écran.

Elle était devant l'hôpital.

« Monte le son, on n'entend rien. Et bon sang, fermez-la ! » s'écria un des gars au fond de la salle.

« ... Où repose une femme d'une beauté surprenante, "La reine des neiges" comme l'ont surnommée les infirmières de l'unité de réanimation. Dans le coma depuis plusieurs jours, ses fonctions vitales ne sont toutefois plus engagées. »

Un portrait de Marina apparaissait dans le téléviseur.

« Nom de Dieu ! Quel est le con qui a fourni une photo et des renseignements à la presse ?

– Heureusement, cette journaliste de mes deux ignore que la fille s'est réveillée, » prononça un des inspecteurs présents pour essayer de calmer Krikov.

Pas du tout apaisé, Krikov, furieux, sortit de la pièce en trombe.

« Parov, » hurla-t-il dans le couloir.

« Envoie deux gardes à la Reine des neiges et rejoins-moi à l'hôpital. J'y fonce tout de suite, » cria-t-il à Parov.

Dans un appartement au nord de Moscou, Yegourine et quelques-uns de ses hommes avaient eux aussi suivi le programme.

« Alors, c'est là qu'elle est cette conne ! » explosa Yegourine. » Lena, tu sais ce qu'il te reste à faire. »

Il n'était pas question d'attendre le réveil de la fille qu'ils avaient tous reconnue. Elle risquait de parler, ce dont il fallait l'empêcher à n'importe quel prix.

Krikov sauta derrière le volant plus qu'il ne s'assit et démarra dans un rugissement de pneus.

Le temps que la surveillance se mette en place, il assurerait la garde. Les gars responsables de l'état de la jeune femme pouvaient très bien avoir aussi vu le programme.

Krikov n'en revenait pas que quelqu'un ait fourni à la presse des renseignements et une photo en plus. Il tirerait cela au clair plus tard.

Il brancha son alarme pour se frayer un chemin plus aisément dans la circulation assez dense.

Les voitures se rangeaient sur le côté de la chaussée à son passage.

Il atteignit l'hôpital en un temps record et laissa son véhicule devant la porte d'entrée sans s'occuper de le garer proprement. S'il avait vu juste, le temps pressait. Il connaissait le trajet dans le dédale des couloirs et des escaliers, ce qui lui conférait un peu d'avance.

Il ne doutait pas qu'un tueur allait venir pour tenter de supprimer la jeune actrice. Il en était certain maintenant : tout était lié. Yegourine, le laboratoire, les femmes en tenue légère. De quelle manière précisément lui échappait encore.

Son téléphone vibra dans sa poche. C'était Parov en route avec deux agents qui monteraient la garde devant la porte de la chambre.

Krikov interpela l'infirmière en chef à son bureau.

« Plus personne ne doit pénétrer dans l'unité de réanimation. Faites sortir tout le monde excepté le personnel soignant.

– Mais, je ne sais pas...

– Faites ce que je vous dis ! Tout de suite ! »

Krikov s'affairait déjà à renvoyer les familles dans la salle d'attente en montrant son badge.

Les gens apeurés s'empressaient de ramasser leurs sacs et de se diriger vers l'ascenseur. Krikov ne voulait prendre aucun risque.

Si les sbires de Yegourine, ou de toute autre mafia, déboulaient, il désirait avoir le champ libre et ne leur offrir aucune opportunité de se forcer une sortie en séquestrant un otage.

Quand le service fut entièrement libéré de ses visiteurs et ces derniers en lieu sûr un étage plus bas, il respira.

L'infirmière en chef l'observait.

Sans comprendre exactement ce qui se déroulait sous ses yeux, elle vit que l'heure était grave.

Krikov lui demanda de bloquer les ascenseurs pour cet étage.

« Mais je dois en référer à l'administrateur de secteur.

– Plus tard. Appelez le responsable de la maintenance tout de suite. Ils savent comment faire. Je prends la responsabilité de ce qui se passe ici à partir de maintenant. Faites vite ! Nous avons peu de temps. »

Le médecin directeur du service de réanimation fit son apparition. Krikov le mit rapidement au courant de la situation.

« Cette femme est en danger. Quelqu'un a donné aux journalistes des renseignements et une photo d'elle. Les hommes impliqués dans la raison de son état actuel vont venir et tenter de l'abattre. Peut-on la changer de place ?

— On peut l'emmener au bloc de soins intensifs. Les autres chambres de l'étage sont occupées.

— Parfait, allons-y. »

64

Ce soir-là, Nadejda avait terminé ses travaux pour la faculté. Officiellement, elle étudiait les langues étrangères au MGIMO, l'institut des relations internationales.

En fait, elle passait beaucoup plus de temps à compulser des pièces de théâtre que ses livres d'anglais. Elle avait une excuse : elle lisait les auteurs anglais dans le texte. Les dialogues lui donnaient rarement de problème. Elle espérait partir l'année prochaine en Angleterre, y parfaire sa prononciation.

La faculté avait des professeurs formidables et des méthodes excellentes, elle en convenait, mais selon elle, rien ne valait un séjour dans le pays même. Elle rêvait d'un échange avec une étudiante britannique qui désirerait apprendre le russe.

Nadejda se faisait fort de convaincre son paternel au final. Passer une année dans une famille londonienne lui paraissait le summum de la liberté. Sa mère acceptait sans problème de recevoir une jeune fille londonienne et de lui enseigner les finesses de la littérature russe. Elle était tout à fait acquise à sa cause.

En ce qui concernait son père, c'était une autre affaire. Peut-être devrait-elle aussi penser à une étudiante en théâtre qui voudrait se spécialiser dans les auteurs russes, Tchekhov ...

Nadejda rejoignit la cuisine où l'émission « Ça se passe chez nous » commençait sous peu. C'était l'une de ses favorites et elle avait une immense admiration pour Elena Obratsova.

Olga, sa mère avait fait du thé et rempli deux tasses quand le générique défila sur l'écran. Elles se blottirent toutes deux sur le petit canapé pour profiter de leur programme de prédilection.

Les ombres grandissaient avec une lumière qui nimbait les arbres d'une auréole dorée. Le soleil avait entamé sa descente languissante en cette journée d'hiver.

Elena Obratsova apparut tout d'abord comme une silhouette sur l'horizon pour prendre lentement forme. On put alors distinguer son visage avec le micro près des lèvres carminées de la présentatrice.

« Comme nous l'avons déjà commenté, derrière moi dans l'institut, se trouve une jeune femme dans le coma dont on ignore l'identité. La police recherche activement toute personne qui pourrait fournir des renseignements utiles sur celle que l'on nomme "La reine des neiges", car elle a été retrouvée transie de froid dans une congère. »

L'image d'Elena Obratsova laissait alors la place sur l'écran à la photo d'une patiente blonde et pâle sur un lit d'hôpital.

Nadejda écarquilla les prunelles. Elle n'en revenait pas.

« Maman ! Regarde, c'est elle la fille dont je vous parlais hier avec Papa. Celle de l'audition que tout le monde enviait.

– Tu en es certaine ? » interrogea sa mère.

– Mais oui. Je reconnais la forme de son visage et ses cheveux même avec les yeux fermés, il n'y a pas de doute possible. Et sa bague aussi. C'est exactement la même.

– Nous ferions mieux d'appeler ton père. »

Olga appuya sur la touche de numérotation rapide du téléphone. Dès que la sonnerie se fit entendre à l'autre bout du fil, elle passa le combiné à Nadejda.

« Raconte à ton père ce que tu viens de me dire, » lui dit-elle.

Nadejda porta le récepteur contre sa joue.

65

Suivant les instructions de Mikhaïl Yegourine, Xenia Lavrov et Mischa Borlov avaient pris la Mercedes pour se rendre à l'hôpital.

Mischa Borlov en était encore à manipuler les touches de la radio pour trouver une station à son goût quand Xenia Lavrov gara la berline devant l'entrée du sous-sol.

« Mais, qu'est-ce que tu fais, Xenia, » s'impatienta Borlov.

« Ben, tu vois. Je gare la voiture.

– Mais l'entrée n'est pas là.

– Ah, oui. Et tu voulais aller à l'accueil et tout simplement demander la chambre de la reine des neiges ? C'est la porte de la cave. Ici, ils ont la buanderie. Avec un peu de chance, on va trouver un costume.

– Un costume ?

– Oui. Suis-moi. »

Ils s'extirpèrent de leur siège et descendirent de la voiture que Xenia avait pris soin de mettre sur un emplacement réservé aux visiteurs, le cul contre le mur, prêt à partir en vitesse si la mission tournait à l'aigre. De toute façon, une fois le travail accompli, il vaudrait mieux ne pas s'attarder dans les parages.

Ils entrèrent sans encombre dans le bâtiment et prirent la direction des ascenseurs.

Une grande panière à linge regorgeait de blouses blanches et chacun se servit d'une tenue de médecin.

« Voilà ! Tu comprends maintenant ?

– Oui, je vois. On va passer pour du personnel.

– Exactement, » répondit Xenia. « C'est simple, il n'y a qu'à suivre les panneaux. Elle doit être en réanimation ou en soins intensifs. »

En prononçant ces paroles, Xenia sortit une paire de lunettes de sa poche et les chaussa.

« Tu as des lunettes depuis quand ?

– Non, c'est des verres neutres. Mais comme ça, on me reconnaît moins quand je les quitte. S'il y a du grabuge, la seule chose dont les gens se souviendront, c'est un mec à lunettes. Tu piges ? Un bigleux quoi ! Sans elles, ils ne se rappelleront plus de m'avoir vu. Tu devrais porter une fausse moustache. Hop, tu l'enlèves en sortant. Ni vu ni connu.

– Oui, ben je n'ai pas de postiche avec moi.

– Ce que j'en dis, c'est pour le principe.

– Okay, j'ai compris. On fait quoi maintenant ? » s'inquiéta Mischa comme la cabine s'arrêtait devant eux.

« On va au premier. C'est là qu'elle doit être.

– Et ?

– On sort et on regarde dans les chambres. La suite, tu sais. »

Mais une fois à l'étage, les portes de l'élévateur restaient closes.

Mischa Borlov appuyait frénétiquement sur le bouton commandant l'ouverture, sans résultat.

« Merde ! C'est bloqué !

– Essaie de remonter d'un palier et on redescendra par l'escalier. »

L'ascenseur se remit en marche et s'arrêta au niveau supérieur.

Les battants s'ouvrirent automatiquement. Les deux acolytes se précipitèrent à l'extérieur comme s'ils craignaient d'être à nouveau retenus prisonniers à l'intérieur de la cabine. Le colimaçon s'enroulait autour de la cage. Ils dévalèrent les degrés sans faire de bruit.

Parov, tout essoufflé, atteignait l'entrée de l'hôpital, quand il vit les portes de l'ascenseur se refermer sur Mischa Borlov et un autre homme qu'il reconnut malgré ses lunettes comme étant Xenia Lavrov.

Il n'avait pas besoin de réfléchir longtemps pour comprendre la raison de leur présence. Présentant sa carte de police à l'accueil, il demanda le passage réservé au personnel, ce qu'on lui indiqua sans problème.

Arrivé au premier, il mit Krikov au courant de sa découverte.

Son téléphone fit entendre sa mélodie.

« C'était le commissariat, » annonça-t-il à Krikov. « Ils envoient aussi des renforts.

– Okay. On verra ça plus tard. Que l'on supprime l'accès par les couloirs, » décida Krikov en s'adressant au responsable du service qui ne le lâchait pas d'une semelle.

Le fonctionnement des portes pouvait être actionné électriquement à partir du bureau de surveillance des infirmières. La nuit, elles étaient closes pour prévenir toute intrusion intempestive. La fermeture était une précaution supplémentaire contre certains patients atteints de somnambulisme qui auraient pu créer involontairement des tracas.

Krikov et Parov attendaient la suite des événements. Lavrov et Borlov n'avaient plus le choix, ils devaient essayer de passer par les escaliers pour venir dans le service, mais les deux policiers les détecteraient automatiquement. Krikov et Parov s'approchèrent de l'extrémité du couloir où se trouvaient les marches et l'ascenseur réservés au personnel. Ils descendirent d'un étage pour intercepter les deux criminels qui sans aucun doute retourneraient à l'accueil quand ils verraient les portes closes.

Au bout d'à peine une minute d'attente, ils furent récompensés de leur patience. Borlov et Lavrov apparaissaient dans leur blouse blanche en haut des degrés.

« Alors, messieurs, » leur dit Krikov. « On vient jouer au docteur ?

– Va te faire foutre, Krikov, » répondit entre ses dents Lavrov.

« C'est toi et ton copain qui allez-vous faire mettre, Lavrov. Vous portez des vêtements qui ne vous appartiennent pas et que vous avez dérobés à l'hôpital.

– Non, pas volés. Empruntés seulement. Le fond de l'air est frais et on avait froid. On n'a pas disparu avec que je sache. On allait les rendre avant de partir.

– Et vous veniez pour quelque chose en particulier ? Visiter un ami peut-être ?

– Pas du tout. Xenia doit subir des examens prochainement et on voulait savoir comment cela se passait.

– Bon, eh bien, vous avez vu maintenant. »

Krikov savait très bien que ce serait une perte de temps de les arrêter. Leur histoire, bien que rocambolesque, tiendrait la route devant un juge d'instruction. Quant aux armes qu'ils dissimulaient certainement sous leurs vêtements, ils possédaient un permis pour cela.

« Allez ! Foutez-moi le camp d'ici, » grogna Krikov.

« Et n'oubliez pas de rendre les blouses à l'accueil avant de partir. »

Lavrov et Borlov se défaisaient déjà des blouses qu'ils jetèrent sur un chariot en passant.

« On ne les reverra plus ici, » dit Parov.

« Non, mais cela confirme bien que Yegourine est dans le coup, autrement il n'aurait pas envoyé ses tueurs. Et d'après ce que ta fille vient de te dire, les auditions du Bolchoï pourraient bien être une couverture. »

66

Parov et Krikov montèrent en voiture pour retourner au commissariat.

Devant la porte de Marina, deux policiers se relaieraient et deux agents féminins resteraient dans la chambre.

« Tu penses qu'on devrait appeler des renforts et mettre aussi des gars à l'entrée du service ? » demanda Krikov.

« Pas une mauvaise idée. Tu sais, ces mecs ne reculent devant rien.

– Alors, téléphone au bureau. Inutile d'attendre. »

Au moment où Parov sortait son Yota de sa poche, sa mélodie résonna dans l'habitacle. Son portable à l'oreille, il écoutait son correspondant.

« C'est Nadejda, » annonça-t-il à Krikov.

« Allo, Parov à l'appareil.

– Papa, c'est moi, Nadejda.

– Je suis occupé.

– Oui, je sais, mais c'est important. C'est au sujet de la reine des neiges.

– ...

– Tu es là ?

– Oui, je t'entends. Parle-moi. »

Nadejda lui fit le résumé de ce qu'elle avait dit à sa mère.

Parov écoutait abasourdi !

Voilà que sa fille leur apportait des informations capitales pour leur enquête.

« Nadejda, merci beaucoup. Reste à la maison avec maman. Ne raconte à personne d'autre ce que tu viens de me dire. Tu m'entends ! A personne ! A aucune de tes copines. »

Excité, il raccrocha.

Il ne fallait surtout pas ébruiter ces informations.

« Elle a reconnu la reine des neiges, heu... Marina. Selon elle, elle a participé à l'audition au Bolchoï. Celle dirigée par Karpov. Percutant, non ?

– Plutôt ! Je crois qu'il est temps d'aller rendre une petite visite à monsieur Karpov chez lui. Mets la sirène. On y fonce ! »

Le hurlement couvrit le vacarme de la circulation.

Pendant le trajet, Parov téléphona pour requérir deux agents supplémentaires en renfort à l'hôpital.

Le trafic se fluidifiait de ce côté de la ville.

Comme ils arrivaient près du domicile de Karpov, Krikov éteignit l'alarme pour éviter de se faire repérer.

Karpov habitait un appartement dans un immeuble chic avec concierge.

« Karpov, c'est bien au troisième ? » demanda Parov.

L'homme derrière le bureau de l'accueil fit un signe de tête affirmatif.

Parov lui montra son insigne et présenta Krikov.

« Et voici l'inspecteur Krikov. Monsieur Karpov est chez lui, n'est-ce pas ? »

Nouveau hochement du portier qui avançait la main vers son téléphone intérieur.

« Inutile de nous annoncer. Nous trouverons bien le chemin, » intima Parov.

Délaissant l'ascenseur, ils prirent l'escalier et montèrent les marches quatre à quatre.

A peine hors d'haleine, ils se tenaient sur le palier de Karpov. Une sonnette avec une carte de visite imprimée en relief sur du cuivre leur indiquait la bonne porte.

Parov appuya son index sur le bouton et l'y laissa un peu plus longtemps que nécessaire.

Le battant s'ouvrit violemment.

« Mais qu'est-ce qui vous prend de sonner comme ça ?...

– Vous attendez quelqu'un ? » interrogea Krikov.

Debout dans l'embrasure, Karpov les regardait ahuri. Il était vêtu d'une robe d'intérieur en cachemire, d'un pantalon noir en satin, ses pieds, glissés dans des babouches en cuir fin, s'enfonçaient dans la moquette de cinq centimètres.

« On peut entrer ? » demanda Krikov en le repoussant sans ménagement du plat de la main sur la poitrine.

Interloqué, Karpov les laissa passer avant de reprendre sa superbe.

« Mais, vous voulez quoi ? Je vous ai déjà tout dit.

— Pas tout à fait, monsieur Karpov, pas tout à fait. »

Karpov blêmit.

« Mais, que voulez-vous donc savoir d'autre ?

— Par exemple, si vous connaissez une demoiselle du nom de Marina Pradovska.

— Non, pourquoi, je devrais ?

— Oui, étant donné que cette jeune personne a participé aux sélections du Bolchoï et que vous l'avez retenue pour un test ultérieur.

— Si c'est rapport aux auditions, vous devriez vous renseigner auprès de ma secrétaire. Elle a tous les dossiers.

— Vraiment ? Et aussi de celles qui disparaissent ?

— Qui quoi ? Que voulez-vous dire ? De quoi vous parlez ? Je ne suis au courant de rien.

— Et vous ne regardez pas les actualités, non plus ? » lui demanda ironiquement Parov en pointant du doigt le téléviseur grand format allumé.

« Je viens juste de rentrer. Il se met en route en même temps que les lampes et le chauffage par un système infrarouge.

– Ah, la domotique ! Comme c'est pratique. Monsieur Karpov, je crois qu'il va falloir nous suivre.

– Je dois téléphoner.

– Mais bien sûr. Vous le ferez du bureau. Nous avons quelques questions à vous poser. Il serait préférable que vos réponses soient correctes.

– Bon, d'accord. Je peux au moins me changer ?

– Sans problème. Mon collègue va vous accompagner. Vous permettez que je m'assoie en attendant ?

– Je vous en prie. Faites comme chez vous. »

67

Karpov avait revêtu un costume en lainage gris et une chemise à col ouvert. Il pensait être de retour chez lui après un temps très court et qu'il s'agissait d'une simple formalité.

Krikov le fit monter à l'arrière de la voiture de police. Il lui maintint la tête courbée pour l'empêcher de heurter le dessus de la portière.

Parov appuyait déjà sur le démarreur et chauffait le moteur.

Karpov s'essaya à une conversation anodine sans succès. Les inspecteurs ne prirent pas la peine de lui répondre. Cela lui indiqua que la situation était peut-être plus grave qu'il ne le pensait au départ de chez lui.

Au commissariat, Krikov le remit sous la surveillance d'un planton.

« Emmène-le à la salle numéro trois, » lui dit-il. Et se tournant vers Parov, il continua.

« Maintenant, c'est certain que cette histoire d'audition n'était pas nette. Que t'a dit Nadejda exactement ?

– Elle a non seulement reconnu Marina, mais elle a vu que deux autres filles ont aussi été retenues pour des tests ultérieurs de caméra. En outre, ce sont les trois seules actrices qu'ils ont fait attendre, selon elle.

– Il faudra que ta Nadejda vienne regarder les dossiers de ces auditions.

– Tu parles ! Il y avait bien une centaine d'acteurs et d'actrices selon Nadejda. Elle peut arriver tout de suite. Elle n'a pas cours aujourd'hui. Je lui téléphone.

Dans la salle d'interrogatoire, Karpov s'installait sans trop d'inquiétude. Il se curait les ongles à l'aide d'un petit canif en argent qui ne le quittait pas. Témoin de souvenirs agréables, c'était un cadeau d'une ancienne flamme.

Krikov et Parov entrèrent dans la pièce. Krikov s'assit à la table en face de lui. Parov resta debout près de la porte.

Krikov entama la conversation.

« Monsieur Karpov, pouvez-vous nous dire ce qu'il est advenu de la jeune actrice, Marina Pradovska, choisie lors de votre dernière séance d'auditions au Bolchoï ?

– Comment voulez-vous que je le sache ? Je lui ai probablement dit que nous la contacterions dans la semaine.

– Et vous l'avez contactée ?

– Nous n'en avons pas eu le temps.

– Pas eu le temps... C'est étrange... Figurez-vous que cette demoiselle, Marina Pradovska, a été retrouvée dans une congère en tenue plus que légère.

– Vous savez, ces actrices sont toujours un peu spéciales.

– En effet, je comprends. Toutefois, elle est pour l'instant à l'hôpital. Nous sommes curieux de connaître sa version des faits. »

Un agent frappa à la porte et vint chuchoter quelques mots à l'oreille de Parov en lui tendant une feuille de papier. Parov se pencha à son tour vers Krikov pour lui remettre le mémento. Krikov enchaîna.

« Eva Petrovna et Olga Markova, ces noms vous disent-ils quelque chose ?

– Rien du tout. J'ignore tout à fait de qui vous parlez.

– Cependant, vous les avez auditionnées le même jour.

– Si vous croyez que je peux me rappeler de toutes les actrices que je vois.

– Ces jeunes femmes sont assez particulières. Vous les avez sélectionnées toutes les trois. Vous ne vous en souvenez plus ? Une blonde, une brune et une rousse. Un bel aréopage, non ?

– Dit comme cela, oui, peut-être, mais rien de très précis ne me revient. Et pour tout dire, ce qu'elles font de leur journée ne me regarde pas. Elles sont libres. Nous n'avions même pas encore signé de contrats.

– Libres, dites-vous ? Le formulaire que vous leur demandez de remplir contient des informations sur leur famille, si elles ont des parents en ville, etc. Mon collègue vient de me faire passer un mot comme vous avez pu le constater. Savez-vous ce qu'il y a d'écrit ?

– Je suppose que vous me posez une question à laquelle il est inutile que je réponde, car je n'ai aucun moyen de le savoir et en outre vous allez me le dire.

– Vraiment ? Ce papier précise que ces trois jeunes femmes n'ont aucun parent à Moscou. De plus, elles sont toutes les trois orphelines.

– Je devrais pleurer ?

– Non, assurément, non. Toutefois, vous devriez vous faire du souci. Vous êtes à partir de cet instant en garde à vue. »

Krikov consulta sa montre à son poignet et énonça la formule d'usage.

Il ouvrit la porte.

« Emmenez-le en cellule, » dit-il à l'agent dans le couloir.

« Nadejda a fait du bon boulot. Tu peux être fier de ta fille. »

Parov rosit de plaisir.

« Mais comment savoir le rôle que joue Yegourine dans toute cette affaire ?

– Je crois que Karpov agit pour son compte.

– J'en suis aussi persuadé.

– Attends, Nadejda a mentionné la présence d'un comité ou un truc comme ça. Je vais lui montrer les photos de Yegourine et Gloushkov. Peut-être qu'ils en faisaient partie. »

Nadejda était encore dans le bâtiment. Elle parlait avec les collègues de son père, consciente de l'importance des informations qu'elle avait pu fournir.

Feuilletant les portraits dans le gros classeur, elle reconnut facilement Gloushkov comme étant un des hommes assis à la table du jury qui avait auditionné les acteurs.

« Il y avait aussi un mec qui prenait des photos que j'ai déjà vu. Attendez, c'est lui, » confirma-t-elle.

« Donc, nous avons le photographe, Karpov et Gloushkov. Qui était le quatrième ? Pas Yegourine en tous cas. Il faut dire, j'en aurais été étonné, » résuma Parov.

68.

Devant chez lui, Damien vit son père descendre d'un taxi qui repartit après l'avoir déposé. Il se tenait droit sur le perron. Sans attendre l'arrivée de Damien en haut les marches, il s'écria :

« Jamais, tu m'entends, jamais je n'aurais supposé une telle trahison de ta part ! Damien, tu as failli à toute déontologie de notre profession ! Tu as sali notre nom. Et dire que je te faisais entière confiance !

– Mais, enfin, pour quelle raison te mets-tu dans un état pareil ? Pourrais-tu me dire de quoi tu parles exactement ? »

Damien ouvrait la porte et s'effaçait pour le laisser passer.

Son père se dirigea à grandes enjambées vers son bureau.

« Tu oses me demander ce qu'il y a ? » s'écria-t-il de plus en plus hors de lui.

« Tu insultes mon intelligence en prétendant ne pas le savoir. Ne me dis pas que tu n'es au courant de rien ! Tu étais avec Gloushkov aujourd'hui. C'est un scientifique véreux acoquiné avec la mafia russe ! Tu ne le réalises peut-être pas ? Ce qu'il fait n'est ni plus ni moins du trafic d'êtres humains et c'est ton associé ! »

Damien comprenait que la situation était beaucoup plus sérieuse qu'il ne le pensait. Le connaissant, son père allait vouloir informer les autorités.

« Damien, il n'y a qu'une seule chose à faire ! Arrêter tout de suite et prévenir la police de la véritable destination des laboratoires. Cela sera très certainement vu comme de la coopération et te vaudra l'immunité.

– Conçois-tu une minute ce que tu dis ? En fait, tu me condamnes !

– Mais, tu es blâmable, Damien.

– Coupable, moi ? Et toi ? Peut-être pas ? Tu étais bien content d'empocher les profits et de pouvoir mener ta vie tranquille. Tu ne t'es jamais demandé comment nous faisions tant d'argent ? Non, tu étais satisfait de voir ton compte en banque grossir et d'en jouir.

– Mais, si j'avais su la provenance des bénéfices, jamais je ne l'aurais accepté. Il n'y a plus qu'une seule chose qui domine. Tu vas faire ce que je te dis et éviter ainsi le pire.

– Tu ignores tout, mais vraiment tout, de la façon dont cela fonctionne, hein ? Aller à la police, prévenir les autorités, c'est totalement exclu. Cela signerait mon arrêt de mort.

– En outre, tu es lâche ! Mais, écoute-moi bien. Si tu ne le fais pas, je le ferai. Alors ? Quelle est ta réponse ? »

Le ton de sa voix trahissait une décision irrévocable, Damien le savait.

Il devait à tout prix l'empêcher de mettre sa menace à exécution.

Damien se rapprocha de son bureau et ouvrit le tiroir du milieu. Avant que son père eût l'idée de son geste, il se saisissait du pistolet et tirait.

Théodore tomba à la renverse sous l'impact de la balle qui lui brisa la clavicule.

Ahuri, il porta la main à son épaule. Il la retira et vit ses doigts rougis de sang.

« Tu es fou, mon garçon. Tu déshonores ta famille. »

Et il s'écroula.

Le ton d'un calme glacial fit à Damien l'effet d'une douche. Sa tête se remplit d'un épais brouillard. Il était incapable de raisonner plus avant. Il avait tué son père à qui il devait tout. Sa vie. Sa connaissance. Il avait trahi celui qui l'avait formé. Encore plus que son acte parricide, c'était la voix de son père qui l'avait fouetté en plein visage. Il avait amené l'opprobre sur sa famille.

Les Latour-Delavigne descendaient d'une ancienne noblesse où l'honneur était sacré. Son père venait de le rappeler à une réalité à laquelle il devait se soumettre. Seule la mort pourrait laver la tare.

Les larmes aux yeux, un sanglot dans la gorge, Damien appuya le canon sur sa tempe et pressa la gâchette.

69

Des sirènes de police hurlaient dans la rue. Des pneus crissaient sur le gravier.

Hébété, les yeux hagards, Théodore fixait le corps de Damien effondré, sans vie, contre le bureau. Le revolver tombé à terre témoignait de la réalité de la scène où, sur la moquette, la flaque visqueuse du sang s'élargissait rapidement.

La douleur de la perte et la souffrance de la blessure eurent raison de sa résistance. Théodore s'évanouit sur le sol.

Des pas résonnaient dans le hall. La porte s'ouvrit brusquement laissant passer des policiers en uniforme qui pilèrent sur le seuil à la vue des deux corps. Un coup d'œil leur suffit pour constater le décès de l'un d'eux gisant la tête éclatée. Un des hommes se pencha et porta deux doigts sur la jugulaire de Théodore.

« Il vit. Appelez les secours ! »

Au même moment, Krikov, alerté par la Centrale, pénétrait à son tour dans la pièce, suivi de Parov.

« Prévenez la scientifique, » ordonna-t-il à l'agent qui s'exécuta sur-le-champ.

Prenant soin de contourner les corps, Krikov alla s'asseoir dans le fauteuil derrière le bureau. Enfilant des gants en latex qu'il tira de sa poche, il entreprit d'ouvrir les tiroirs un à un pendant que Parov inspectait les livres sur les rayonnages.

Entre-temps, les infirmiers arrivaient avec une civière. Ils y déposèrent avec précaution Théodore, encore sous le choc des événements, revenu à la vie. Krikov s'approcha de lui pendant que les brancardiers le transportaient à l'ambulance.

« Que s'est-il passé ? Qui vous a blessé ?

– Mon fils, Damien, a fait feu sur moi et je ne me rappelle plus rien d'autre. J'ai perdu connaissance, je crois, » balbutia Théodore en louchant vers le corps de Damien.

Pâle, les lèvres serrées, il luttait contre l'évanouissement qui le menaçait à nouveau.

Un secouriste lui couvrit le visage d'un masque à oxygène ; un deuxième déchirait la manche de sa veste pour installer une perfusion.

« Emmenez-le. On aura sa déposition plus tard, » leur dit Krikov.

Les portes de l'ambulance se refermèrent sur les infirmiers enfonçant une intraveineuse dans le bras mis à nu.

Krikov revint dans le bureau où le photographe de la scientifique prenait des clichés de la scène.

« Hello tout le monde, » annonça presque jovialement le docteur Krougine. « J'ai entendu l'appel sur ma radio. J'étais en route pour l'institut et c'était sur mon chemin. Qu'est-ce qu'on a ? »

D'un signe de tête, Krikov lui indiqua le corps sur la moquette.

« Un mort et un blessé pas trop grave déjà embarqué.

– On connaît ces gens ?

– Pas vraiment, mais la maison appartient à un certain Damien Latour-Delavigne qui habite ici avec sa femme et ses deux enfants, des garçons.

– Et, c'est lui ?

– Ça en a tout l'air. Les papiers dans son bureau le mentionnent comme tel. En revanche, on ignore ce qu'il s'est réellement passé. En attendant, on fait une perquise.

– Inspecteur, la Centrale a téléphoné. On a l'identité du vieux à l'hôpital. C'est le père de la victime : Théodore Latour-Delavigne, » récita un agent sur le seuil en scrutant le carnet qu'il tenait à la main.

« Bon, une belle histoire de famille, » marmonna le médecin qui s'agenouillait près du corps.

« La mort a certainement été instantanée. La détente sur la tempe, ça ne pardonne pas. Vu les traces de poudre sur les doigts, je dirais qu'il a fait ça tout seul.

– Okay ! Reste à savoir s'il y avait une troisième personne qui aurait tiré sur le père ou si c'est lui.

– Voilà ce qui a traversé l'épaule de l'autre gars. »

Un scientifique tenait entre des pincettes de métal une balle.

« Enfin, c'est de ça que ça a l'air. Les analyses de balistique le diront. »

Il mit le projectile dans un sac à preuves en plastique.

« Celle qui a tué votre homme est probablement encore dans sa tête.

– Oui, j'examinerai ça de près, » répondit le docteur.

Le crissement de la perceuse s'arrêta. La porte du coffre sur laquelle travaillait le serrurier mandé sur les lieux s'ouvrit en grand. Le policier se recula et Parov jeta un œil à l'intérieur.

« De la paperasse... Tiens donc, les unités de recherche Vialet-Laroche. Voyons ce que nous avons là. »

Il feuilleta des piles de dossiers.

« Bingo ! Voici un truc intéressant. Notre ami décédé ici était le directeur des laboratoires. Embarquons le tout pour lire plus à l'aise au bureau. »

Il demanda aux gars de la scientifique de mettre le contenu du coffre dans des sacs. D'autres hommes enfermaient le corps dans une bâche noire et tiraient la fermeture éclair.

Krikov et Parov quittaient la villa qu'une rubalise en plastique rouge et jaune délimitait maintenant.

Les scellés furent apposés sur la porte et deux agents restèrent sur place pour dissuader d'éventuels curieux de pénétrer dans la maison. Précaution bien utile, car il n'était pas rare de voir une scène de crime devenir la proie des pilleurs.

70

De retour au commissariat, Parov et Krikov s'attelèrent à la tâche. Ils devaient lire les papiers sortis du coffre de Damien.

« Dis donc, c'est un gros truc ces unités pharmaceutiques. D'après certaines conventions, ils ont un chiffre d'affaires de plusieurs milliards. Demandons les relevés bancaires.

— Oui. Espérons que la scientifique aura rapidement les résultats des ordinateurs.

— Est-ce qu'on ne devrait pas prévoir une perquise aux laboratoires ?

— Pour l'instant, rien que des contrats. Juteux, c'est sûr, mais ce n'est pas illégal de se faire du pognon en vendant tes produits. J'ai vu un reportage l'autre jour à la télé. Ils disaient que l'industrie pharmaceutique était le plus gros marché en Europe occidentale. Il existe aussi un trafic énorme de médicaments périmés. Quand les trucs sont trop vieux, enfin, que la date de péremption est dépassée, ils les envoient en Afrique ou ici, chez nous.

— Oui, c'est pas joli, joli.

— Attends ! Le pire c'est qu'ils créeraient des maladies pour ensuite vendre le remède.

— Oui, là, c'est carrément le complot comme histoire. Tu y crois ?

– Ben, ça avait l'air super bien documenté. Tu sais bien que pour se faire du pognon, il y en a ils seraient prêts à tout.

– Whaou ! Bingo ! Regarde-moi ça ! Un contrat pour un cachet de 500.000 dollars ! Non, mais j'hallucine pour de vrai !

– Avec qui ?

– Un certain Gloushkov.

– Tu dis Gloushkov ? Mais c'est le directeur appointé du laboratoire de recherche !

– C'est quoi ce bordel ?

– Encore un... et un autre. Putain ! Toute cette pile ! Il y en a pour plusieurs millions.

– Pour un comprimé à chaque fois ?

– Oui, un peu cher pour une aspirine !

– Inspecteur, venez regarder ça ! » lança de la grande pièce un agent penché sur un ordinateur.

« On a craqué son code. Tenez, un échange de courriels entre votre macchabée et un dénommé Gloushkov et aussi une série avec notre ami Yegourine.

– Et voilà le tiercé dans l'ordre. Bon boulot les gars. Voyons ce que ces messieurs se disent. »

Ils lurent un moment en silence.

« Ils parlent ici ensemble de ces fameux cachets.

– Et moi, je me demande ce que Yegourine peut bien magouiller avec ces gogos là-dedans ?

– Certainement de la drogue.

– Il nous faut un permis de perquise pour le labo et un mandat d'amener pour le directeur. On va l'interroger, il a des éclaircissements à nous fournir. »

71

Krikov alla se servir un café à la machine.

L'interrogatoire de Karpov engendrait une frustration supplémentaire. Pourtant, ils ne pouvaient pas faire grand-chose pour le moment. S'ils l'arrêtaient pour avoir roulé dans une voiture avec les plaques d'un autre véhicule, Karpov prendrait un bon avocat, il en avait les moyens. Celui-ci prétendrait qu'il s'agissait d'une plaisanterie concoctée par des copains. Il demanderait à un ou deux témoins à décharge de venir à la barre et Karpov s'en tirerait tout au plus avec une amende dans le meilleur des cas et au pire avec une peine d'une semaine ou deux de service social qu'il ferait exécuter par quelqu'un en le payant. Ils ne pouvaient pas non plus lui reprocher de connaître Yegourine.

Krikov buvait son café à petites gorgées.

Parov l'interpela :

« Que les sbires de Yegourine se soient pointés à l'hôpital démontre tout de même qu'ils ne tiennent pas à ce que certains éléments soient révélés.

– Oui, j'y pensais. Et d'après la déclaration de Nikolaev, Yegourine serait aussi impliqué dans la disparition de l'inconnue du mois de janvier.

– Les risques sont loin d'être minimes. Si une vraie patrouille s'était amenée, ils étaient cuits.

– Mais comme le dit Nikolaev, la police montre rarement son nez dans le coin.

– Un truc me frappe. Toutes les femmes, sauf celle de la remorque, ont été retrouvées à Serebranye bor.

– Et la datcha Nina n'est pas très éloignée de l'endroit.

– Est-ce qu'on a des informations d'où venait le camion exactement ?

– Attends, j'ai son rapport de sa feuille de route. »

Parov tournait les pages.

« Oui, il a pris par l'avenue Volokamkoye.

– Donc, les gars auraient pu lui fourguer la fille derrière ses légumes, sans qu'il le sache.

– Tout à fait. Ils ne pensaient pas que le chauffeur perdrait le contrôle de son véhicule.

– C'est une supposition, mais une qui tient la route quand même. Sans mauvais jeu de mots ! »

A ce moment, Leonid de la scientifique passa la tête par la porte entrouverte.

« Bonjour, messieurs. Vous êtes intéressés par les résultats ADN ?

– Tu as le rapport ?

– Oui, basique et mes notes.

– Accouche !

– L'ongle du bassin sec, nous ne pouvons pas le rattacher à la morte du camion. En revanche, ce qu'il y avait dessous, si je puis m'exprimer ainsi, ce qui est probablement resté accroché après une égratignure, contient assez d'ADN pour en faire une analyse.

– Et... ?

– Tenez-vous bien. Les cellules épithéliales comportent l'ADN de la femme de septembre : l'Inconnue de la Moskova. »

Leonid, sûr de son petit effet, les regardait d'un air satisfait.

« Vous aurez tous les détails dans le rapport numérisé. En attendant, je vous refile une copie de mes notes manuscrites. »

72

Dans le bureau à côté de la morgue, le soleil frappait le couvercle du samovar d'où une vapeur argentée s'échappait avec un chuintement aérien. Une mouche ensommeillée zigzaguait dans le rayon cuivré.

Elisabeta Krougine et Irina Abrossimova s'adonnaient à leur rituel quotidien et buvaient leur tasse de thé brûlant.

Chacune pensait aux événements récents et l'implication de l'hôpital. Mais peut-être encore plus que ce qu'elles savaient, ce qu'elles ignoraient occupait leur esprit.

Irina Abrossimova pour un profond soupir accompagné par le tintement des petites cuillères sur la porcelaine.

Parov les avait quittées pour aller remplir la paperasse de fin d'enquête et taper les rapports. Krikov avait pris congé sans dire où il allait.

« C'est tout de même incroyable, » dit Irina pour entamer la conversation.

« Absolument, » répondit Elisabeta d'un ton qui résumait toutes les digressions dans lesquelles elle aurait pu se lancer.

« J'ai du mal à accepter que Mikaïl Yegourine ait disparu de la circulation et ne sera pas traîné en justice.

– Il a probablement été prévenu par un comparse ou quelqu'un dont il avait les oreilles.

– Peut-être, mais c'est inadmissible !

– Je ne te le fais pas dire. Je suis assurément bien d'accord avec toi. Selon moi, et cela en toute discrétion, la fuite provient du commissaire lui-même.

– Comment, peux-tu penser cela ?

– C'est simple. Il discute toujours toutes les affaires avec Lougine.

– Et tu crois que Lougine aurait tout raconté à Yegourine.

– Je n'en serais surprise ! Après tout, ce n'est un secret pour personne que c'est lui qui a financé la campagne électorale du maire.

– Vu sous cet angle…

– Réfléchis. Krikov et Parov sont certains de l'implication de Yegourine dans ce trafic de femmes. Ils font leur rapport dans ce sens à Semionov qui met Lougine au courant selon son habitude et… voilà !

– Ce qui signifie que Lougine serait de mèche avec lui ?

– Pas nécessairement. Mais Lougine est stupide. Il aura très bien pu parler sans se rendre compte de l'idiotie qu'il faisait. Pour se vanter, en quelque sorte.

– A propos de crétinisme, Elena Obratsova n'a pas été la plus maline non plus dans l'affaire.

– Ça, tu peux le dire !

– La faute en incombe quand même à

Lavrenti Maximovitch Klimovsk.

— Elle l'a roulé dans toutes les largeurs ! La laisser prendre une photo !

— Le service était en effervescence ! Tu te vois ça, des tueurs à l'étage ! Du jamais vu, sauf à la télévision, c'est sûr !

— Si j'ai bien compris Parov, la police a été incapable de les appréhender faute de preuves. C'est tout de même dommage.

Krikov entra dans la chambre avec timidité. La reine des neiges s'était réveillée. Elle était sortie du coma. Elle avait un nom : Marina.

Quelle ne fut pas la surprise de Krikov de la trouver assise dans le fauteuil près du lit.

Une robe en lainage bleu ciel moulait ses formes sans excès. La couleur s'harmonisait avec ses yeux frangés de longs cils. Elle avait mis une touche de maquillage.

La voir ainsi debout et habillée le troubla. Elle n'était plus un ersatz de sa femme décédée. Il comprit alors que c'était elle qu'il aimait sans retenue. Myrna appartenait au passé. Il l'avait adorée plus que tout, mais la page se tournait en douceur. Marina l'avait aidé sans le savoir à chasser ses fantômes.

Il s'avança vers elle.

Elle lui sourit d'un air confiant et lui tendit les mains.

« Bonjour, inspecteur. »

Sa voix mélodieuse s'imprima en lui.

Une voix qu'il ne connaissait pas encore et qui ne lui rappelait rien.

Une voix nouvelle.

« Vous avez l'air surpris de me voir ! »

Et elle éclata d'un rire cristallin dont les notes s'égrenèrent dans l'air de la chambre.

Krikov ne savait quoi répondre.

Mille pensées se formaient en sa tête, toutes balayées par les émotions qui le submergeaient.

Dès qu'il lui toucha la main, il sentit une chaleur se propager dans tout son être. Une envie irrésistible de la protéger s'empara de lui. Un désir qu'il avait éprouvé avec Myrna quand il l'avait vue pour la première fois.

Sa période de deuil avait pris fin.

Il lui sourit à son tour.

« Inspecteur, laissez-moi vous remercier pour tout ce que vous avez fait pour moi. »

Elle se mit debout.

Elle était presque aussi grande que lui et pouvait le regarder droit dans les yeux sans lever la tête.

« Je n'ai fait que mon travail, » dit-il.

Tous les deux étaient loin d'être dupes. Il avait fait beaucoup plus que cela. Il l'avait ramenée à la vie par ses visites.

Les mains dans les mains et les yeux dans les yeux, leurs lèvres se rapprochèrent. La profondeur de leur sentiment naissant les enveloppa dans une étreinte de bonheur.

Remerciements

Je voudrais vous remercier d'avoir acheté et lu « La Reine des neiges ». J'espère que vous y avez trouvé du plaisir.

Je vous serais extrêmement reconnaissante si vous pouviez mettre un commentaire sur la plateforme où vous l'avez téléchargé, cela m'aiderait beaucoup pour améliorer mes écrits dans le futur.

Ce livre a été imprimé par CreateSpace

Dépôt légal : Mars 2018